MUSSOLINI ALLA CONQUISTA DELLE BALEARI

CAMILLO BERNERI

INTRODUZIONE

Con la più opaca delle ipocrisie, la stampa fascista tenta dare all'intervento armato dell'Italia imperiale a fianco dei faziosi Spagnoli la colorazione di una crociata in difesa della libertà e della giustizia. Come per la conquista dell'Etiopia essa ha speculato sullo schiavismo, così per la tentata conquista della Spagna essa specula sulla «barbarie rossa». In realtà l'Italia fascista è partita alla conquista della Spagna attuando disegni lungamente meditati e sviluppati. L'invio di armi, di munizioni, di unità navali, di aeroplani nonché di truppe di «volontari» arruolati dai distretti militari e apertamente assoldati, inquadrati ed addestrati, è una patente realtà che invano si tenta di mascherare. La rivolta fascista non è soltanto un'occasione per l'imperialismo italiano; è stata anche uno dei tanti effetti dell'azione internazionale di quella vorace ed ambiziosa volontà di dominio che ha condotto l'Italia al tentativo di Corfù, alla feroce politica di sterminio degli indigeni della Libia e alla conquista d'Etiopia.

L'Adriatico non è più dal 1920 «un modesto golfo» per la megalomania imperiale di Mussolini, aspirante alla conquista di «un vasto mare», il Mediterraneo, «nel quale le possibilità vive dell'espansione italiana sono fortissime» (Popolo d'Italia, 13 novembre 1920). Il destino mediterraneo è diventato uno dei miti della mistica mussoliniana ed una delle parole d'ordine della politica imperialista del fascismo italiano. Nelle sue mire egemoniche, l'Italia fascista doveva incontrare sulla via dell'Impero la Spagna. Non potendola presentare come una delle «nazioni capitaliste» schiaccianti le «nazioni proletarie», come il fascismo italiano fa con la «perfida Albione» e la «Francia negroide», denunciò come scandaloso il fatto che la Spagna, con una popolazione che è la metà di quella italiana, possieda un territorio che è quasi il doppio di quello italiano.

La Spagna apparve all'imperialismo mussoliniano un paese da colonizzare. Non è, questa, una deduttiva ipotesi, bensì un'induttiva constatazione basata su numerosissime ed evidenti prove, che saranno ben presto riunite e presentate al giudizio dell'opinione pubblica. In queste pagine, ho voluto circoscrivere il quadro. Qui s'illustra soltanto come Mussolini mirasse alle Baleari come ad una testa di ponte della conquista del Mediterraneo. Qui, a parlare, è il documento, soltanto il documento.

Del martirio di Majorca non è detto niente, che la storia di essa è prematura. I massacri furono, e sono, orrendi di estensione e di ferocia. A contenere i prigionieri più non bastando i castelli, sono adibiti i conventi. Ma che in quattro mesi siano stati fucilati a Palma di Majorca 5.250 persone; che i cadaveri mutilati testimonino della barbarie degli occupanti; che Majorca abbia vissuta tutta la tragedia del popolo italiano, dall'olio di ricino allo stupro, che cosa importa all'Europa ormai così vecchia da avere il cuore sordo?

Non scriviamo con l'illusione di commuovere l'opinione pubblica, bensì con il proposito d'illuminarla.

Majorca è il centro della pirateria faziosa, è il centro della fabbricazione di armi organizzata dall'Italia fascista, dall'aviazione da bombardamento, Majorca, Ibiza, Catalogna: ecco le tappe della conquista sognata da Mussolini.

Ma anche delle Baleari si accontenterebbe l'imperialismo italiano che capisce quale importanza esse abbiano nel giuoco delle forze mediterranee. Quella che non lo ha mai capito, come osservava recentemente Guglielmo Ferrero, è la Spagna.

Queste pagine dimostrano come dal governo di De Rivera in poi, il fascismo italiano abbia potuto preparare la conquista delle Baleari con l'acquiescenza, quando non con l'aiuto, del governo e del nazionalismo spagnolo.

Conoscere l'opera di preparazione di quella conquista vale ad afferrare lo spirito imperialista dell'Italia fascista e porta a conoscere la tecnica della sua opera di conquista, tecnica che bisogna confessare abile e tenace.

Le aquile romane entrano di frodo, nel cavallo di Troia dell'amicizia tra le «sorelle latine». Il ramoscello di ulivo, Roma lo offre con la sinistra, ché nella destra impugna la spada. Vero è che la tiene, la destra armata, ripiegata dietro il dorso.

Domani si mostrerà il volto belluino del ladro della perla del Mediterraneo. Per ora basta mostrarne la maschera.

CAPITOLO I
MONUMENTI, COSTUMI, PANORAMI

La grande importanza militare delle Baleari non era un elemento sufficientemente evidente e suggestivo per l'imperialismo italiano. Gli occorreva qualche cosa di più diretto, di più tangibile, di più seducente. E questo qualche cosa fu la bellezza dell'Arcipelago. Il cielo di un bleu profondo, le montagne scagliantesi in linee fini e nette, le coste sinuose, le acacie, i platani, i fichi, gli eucaliptus, gli ulivi ed i mandorli fiancheggianti le strade ora serpeggianti tra verdi campagne ora incastonate in valli ombrose, i cupi gruppi di cipressi contrastanti col fogliame verde pallido delle palme, i severi castelli e le casine civettuole, le cittadine piene di sorprese moresche, e gotiche, dalle vie strette, vie tortuose e dall'ombra rallegrata dai vivaci colori delle case, dalle voci sonore e dal meridionale gesticolìo degli abitanti, le barche dalla vela latina e le baie dalle acque di un bel bleu di oltremare, contrastante con la bruna severità delle scogliere. Tutto questo contrasto di linee aspre e tormentate e di dolcissime curve, di Africa e di Europa, di pace e di vita intensa, di antico fascino e di conforto modernissimo, di aridità e di fecondità, di sole africano e di ombra fresca e loquace di acque: quali formidabili mezzi di seduzione nelle mani della propaganda «navale».

All'imperialismo fascista non è sfuggito il valore e, per i suoi fini di rapina e di dominio, vuole avere la bellezza delle Baleari. Agli Argonauti affamati mostrò, in mancanza del petrolio, il vello d'oro di un paradiso terrestre. L'opulenta, sonora e vibrante Barcellona, furono il «quadro delle meraviglie», il piano di conquista della Spagna. Majorca, la regina delle Baleari, fu la preferita. I giornalisti asserviti al regime diventarono tutti dei Bernardin de St. Pierre per incastonare la «perla del Mediterraneo», l'isola dorata degli antichi poeti.

Le impronte dei fenici, dei cartaginesi, dei romani e degli arabi testimoniavano che quella bellezza aveva avuto del fascino.

Si parlò dell'ampiezza della baia di Palma e della purezza delle sue acque, ben più della profondità e sicurezza di quelle acque protette da una cinta fortificata, situata ad eguale distanza da Barcellona, da Alicante e da Algeri. Non insistettero troppo i menestrelli nel dirlo, ma abbondarono, utilizzando tutti i più vivaci colori della loro tavolozza, nel descrivere le pazienti e graziose opere degli orafi, le strade degli armaioli e degli antiquari fascinose del più bel medio evo. Le maioliche e questo o quel patio furono più opportuno soggetto al lirismo descrittivo, di richiami storici che potessero essere indiscretamente rilevatori. Una colorita descrizione della baia di Palma dispensava dal richiamare che quella baia poteva ospitare nel secolo sedicesimo ben trecento grossi vascelli e seicento vascelli di minore importanza. Era più opportuno descrivere la tomba gotica di Raimondo Lullo che ricordare gli assalti dei pirati turchi e dei pisani ed i cinque secoli di dominazione araba.

Come nelle conquiste coloniali prima viene l'esploratore, poi il missionario, poi il soldato, poi il commerciante. Tra il missionario ed il soldato, oggi vi è il giornalista ufficioso. È costui che scopre il petrolio, che allarga le oasi, che imbarbarisce gli indigeni fino a farne degli antropofagi, che parla solennemente di «diritto della civiltà» e così via.

Non fa meraviglia che la stampa italiana scoprisse, nel 1924, le Baleari. A raccogliere gli articoli ci sarebbe da farne un volume enorme. In sintesi, la stampa italiana ebbe il compito di volgarizzare il sogno imperiale di Mussolini.

Ma la stampa non bastava. Occorreva colpire la fantasia di un buon numero di italiani mostrando loro la «terra promessa» nei suoi più rigogliosi aspetti.

Ed ecco la politica turistica che entra in campo con le crociere. La Lega Navale italiana, ente patrocinato dal re ed avente a presidente onorario il Duca d'Aosta, compì nel giugno 1926 una crociera nel Mediterraneo occidentale col piroscafo «Stella d'Italia». L'itinerario era il seguente: Marina di Roma (Ostia); Palma di Majorca; Gibilterra; Algeciras; Ceuta; Tangeri; Cadice; Siviglia; Lisbona; Málaga; Granata; Almería; Valenzia; Barcellona; Genova. Il prospetto della Lega Navale italiana aveva per motto queste parole di Mussolini: «Noi siamo mediterranei ed il nostro destino, senza copiare alcuno, è stato e sarà sempre sul mare...».

Un particolare paragrafo dedicato alle Baleari, le descrive come «delle vere oasi di lussureggianti vegetazioni che hanno fatto luoghi d'incantevoli soggiorni per residenza invernale».

Si fa un discreto accenno al porto importante e sicuro di Palma di Majorca e non si manca di ricordare che il castello di Bellver fu costruito sui resti di una fortezza romana.

Particolare sapore, e di evidente significato imperialista, ha la conclusione del sopra citato prospetto, che porta il titolo: Dal mare di Roma verso la Spagna. Vale la pena di riprodurlo interamente:

La Lega Navale, molto opportunamente, ha voluto che la sua prima crociera partisse dalle acque dell'antica Ostia, ribattezzata, dopo tanti secoli da S. E. Mussolini, in Marina di Roma durante la imponente rivista della Squadra di battaglia.

Dal porto di Roma, che già vide le gloriose trireme, le pesanti galee cariche di prodotti e di merci delle terre lontane sottomesse all'Urbe, salperà il 13 giugno, la bella nave «Stella d'Italia» per la crociera a portare la bandiera tricolore nei porti e nelle acque delle nazioni che, come noi, tanti e vitali interessi hanno sul gran mare comune, il Mediterraneo.
Scomparsa la costa del Lazio, all'alba del mattino seguente, i gitanti vedranno profilarsi le spiagge della Sardegna, l'isola forte e tenace, e a nord, quella della Corsica montuosa.

La nave dal fatidico nome passerà quindi vicino alla Maddalena, la fortezza e piazza forte che ha il vanto di aver resistito all'assedio di Napoleone I, e saluterà Caprera, l'isola granitica, dove riposa l'Eroe del Vascello e di Calatafimi, vicino alla sua casetta ed al campicello che Egli stesso coltivava.

Attraversato lo stretto di Bonifacio, un ultimo saluto alle coste della Sardegna, e la «Stella d'Italia», punterà la prua sulle isole Baleari, le prime terre di Spagna, sentinelle avanzate nel Mediterraneo, che accoglieranno i gitanti della Lega Navale.

Lo scopo nettamente politico, imperialista di quella crociera risulta chiaramente dai documenti pubblici ed è completamente confermato dai documenti diplomatici.

Il Conte Vincenzo Ferretti, delegato dalla Lega Navale, si recava nel maggio a Barcellona ed a Palma di Majorca per organizzare il programma per la permanenza in quella località, ed il Regio Ambasciatore d'Italia a Madrid, il Marchese Paolucci di Calboli, scriveva al R. Console d'Italia a Barcellona (25 maggio 1926) dettagliate istruzioni. Riferendosi alla crociera del giugno, l'Ambasciatore rilevava che essa sarebbe stata «composta di circa 280 persone delle migliori classi sociali d'Italia» e raccomandava che la visita in Majorca fosse fatta «con una certa comodità ed elasticità di programma, possibilmente in automobile». In data 4 giugno 1926 l'Ambasciatore scriveva allo stesso console raccomandandosi di volere vigilare «affinché le cose sieno predisposte col dovuto garbo, essendo necessario che la crociera, anche per la qualità dei gitanti, riesca una simpatica ed apprezzata manifestazione di italianità».

E soggiungeva: «La S. V. Ill.ma non ignora che il Regio governo la segue con particolare attenzione».

Il R. Console di Barcellona impartiva dettagliate istruzioni al R. Vice Console Reggente della R. Agenzia Consolare di Palma di Majorca per regolare le relazioni con le autorità locali e facilitare la visita all'isola.

La crociera ebbe «carattere rappresentativo» costituito oltre che dai ricevimenti ufficiali, dalla partecipazione del Principe di Bitetto.

Nel luglio seguente fu organizzata una seconda crociera, toccante anch'essa Palma di Majorca e Barcellona, alla quale presero parte circa 750 persone, delle quali 450 studenti universitari.

Le crociere in Ispagna si susseguirono regolarmente, avendo quasi sempre scalo a Majorca. Il 3 giugno 1929, l'ambasciata italiana a Madrid raccomandava al Console Generale d'Italia a Barcellona di facilitare il soggiorno di circa ottocento avanguardisti a Barcellona e a Palma e il 17 giugno il Console Generale raccomandava quei gitanti all'Agenzia Consolare d'Italia a Palma di Majorca, e prospettava le seguenti visite: alla

Chiesa di San Nicolò di Bari, alla Chiesa di Santa Maria e al Castello di Santa Barbara, nonché una visita all'Esplanada ed un'escursione nei dintorni della città.

Il reggente di quell'Agenzia Consolare si permetteva di osservare «che la chiesa di S. Nicolò, dal lato artistico, non offre alcun particolare interesse e che la chiesa di S. Maria come pure il Castello di S. Barbara non gli risultavano esistere in Palma di Majorca. Proponeva, quindi, una visita alla Lonja, «edificio antico ed antico mercato dei prodotti quasi esclusivamente italiani».

Il Vice Console reggente di Barcellona, l'8 luglio 1929 comunicava la risposta del reggente dell'Agenzia Consolare di Palma di Majorca al marchese G. Medici del Vascello, Regio Ambasciatore a Madrid.

Il 2 agosto seguente il Ministero degli Affari Esteri italiano raccomandava all'Ambasciata di Madrid ed al Regio Console Generale di Barcellona e di Gibilterra i «circa 900 avanguardisti» partecipanti alla crociera «Genova, Napoli, Cagliari, Barcellona, Gibilterra, Lisbona, Palma di Majorca, Civitavecchia».

Il 15 settembre sfilavano 1.200 avanguardisti nelle vie di Palma di Majorca. Nel 1934 le crociere italiane alle Baleari si infittiscono.

Nell'agosto di quell'anno fanno scalo a Palma di Majorca: due crociere dei Gruppi Universitari Fascisti; una crociera organizzata dai quotidiani milanesi Il Secolo-La Sera, una crociera organizzata dalla Cosulich, e infine una crociera della Lega Navale che, oltre che a Palma, fa scalo a Puerto Cristo. La presidenza di quella Lega, scrivendo il 13 agosto al Console Generale d'Italia a Barcellona gli ricordava, (come se ce ne fosse stato bisogno!), che le crociere erano organizzate per svolgere presso i soci dell'ente «la migliore propaganda marinara». Nell'agosto del 1935 una crociera della Lega Navale toccava Palma di Majorca, dove faceva scalo nell'aprile 1936 una crociera della Compagnia italiana di Turismo di Roma. Che le isole Baleari fossero una delle tappe preferite dalle crociere non soltanto per la loro bellezza è, mi pare, così evidente che non saprei insistere.

Gli scopi politici traspaiono chiaramente, come abbiamo visto, dalla stessa propaganda ufficiale a favore delle crociere. Nel prospetto della grande crociera nel Mediterraneo occidentale (24 agosto – 2 settembre 1933) della Federazione Provinciale Fascista Milanese degli enti culturali si legge che la

«Federazione Provinciale Fascista Milanese degli Enti Culturali, poiché ritiene che una delle principali caratteristiche della cultura moderna sia la conoscenza acquisita, oltre che dalla lettura e dalla parola altrui, anche e soprattutto dalla visione diretta delle cose, ha deciso di promuovere la organizzazione di una Crociera nel Mediterraneo Occidentale, con lo scopo di far visitare ai soci delle singole istituzioni ad essa federate o aderenti, le coste più vicine di questo che, per essere il mondo politico in cui viviamo, rappresenta per noi un importante problema da valutare sotto diversi punti oltreché culturali, anche politici.

La crociera quindi si prefigge di offrire una ricreazione corporale e spirituale, un riposo all'incessante lavoro quotidiano, e nello stesso tempo una notevole conoscenza dei paesi che costeggiano il Mediterraneo occidentale, illustrati anche da conferenze e proiezioni cinematografiche che si svolgeranno prima e durante la navigazione.

Un altro scopo che la Federazione si promette di raggiungere, è quello di favorire una sempre più intima comunione d'intenti, fra le istituzioni federali e aderenti, sia attraverso iniziative comuni, sia per mezzo delle conoscenze e delle amicizie, che il viaggio in comune farà nascere fra i soci di esse, stringendo così nuovi e profondi legami fra le associazioni stesse».

L'intensa propaganda per le crociere favorente l'incremento del turismo straniero in concorrenza a quello italiano mirava a far rifiorire negli italiani la passione per il mare, in cui Mussolini riconosceva «un elemento della potenza nazionale».

Mirava anche ad affermare il prestigio dell'Italia... imperiale.

Se le crociere turistiche facevano scalo alle Baleari non era soltanto per lo scopo illustrato nel capitolo precedente. Vi era un secondo fine: quello di aumentare il prestigio imperiale presso quelle popolazioni. Correlativa e completante, è la frequenza, nelle acque dell'arcipelago, di squadre navali e squadriglie aeree italiane. Nel maggio 1928, una squadra aerea composta di 60 idroplani e comandata dal generale De Pinedo sosta a Pollenza, dopo aver sorvolato l'isola di Majorca. Ha di scorta un cacciatorpediniere, vi partecipa il Sottosegretario all'aeronautica Italo Balbo ed il Console Generale italiano a Barcellona, che si è recato a rendere omaggio agli aviatori, riferisce al Ministro degli Affari Esteri (30 maggio):

Sul luogo trovavansi a ricevere i nostri aviatori il Capitano Generale ed il Governatore Civile delle Baleari e tutte le autorità locali ed una folla di gente proveniente da tutta l'isola e finanche da Barcellona. L'accoglienza fatta alla squadra, mano a mano che gli apparecchi ammaravano e gli aviatori scendevano a terra, fu straordinariamente cordiale.

Il Consiglio Municipale di Pollenza offrì a S. E. Italo Balbo, al Generale De Pinedo ed agli ufficiali una coppa di champagne che diede motivo a manifestazioni amichevoli all'indirizzo dell'Italia e della Spagna e dei rispettivi governanti.

A bordo della nave spagnola «Dedalo» ebbe luogo più tardi una colazione d'onore alla quale partecipò il Gen. De Pinedo ed il Capo di Stato maggiore dell'Aeronautica, mentre S. E. Balbo si era scusato per essersi dovuto trattenere a terra donde provvide subito ad indirizzare telegrammi di saluto a S.M. il Re di Spagna Alfonso XIII ed al Generale Primo de Rivera. Nel pomeriggio, S. E. il Sottosegretario dell'aeronautica col Comandante dell'aviazione spagnola, Generale Soriano, ed i giornalisti italiani si recarono in automobile a Palma per restituire la visita alle autorità delle Baleari e visitare la città facendo ritorno alle 21 a Pollenza, dove erano attesi a pranzo sulla nave «Dedalo».

La squadra è ripartita poi da Pollenza alle ore 6 del 28 a successivi scaglioni come era giunta.

Nonostante l'ora mattutina e le abitudini locali, anche alla partenza assisteva molta gente accorsa sul luogo in tanto maggiore numero in quanto ricorreva la seconda festa di Pentecoste.

Credo dover porre in particolare rilievo l'interessamento e la premura più che amichevole da parte di tutte indistintamente le autorità ufficiali per concorrere al buon esito della crociera e prodigarsi in manifestazioni di spontanea sincera cortesia.

Come pure merita essere segnalata la generale simpatia scevra d'invidia con la quale il pubblico spagnolo parla e commenta questo volo di squadra ponendone in rilievo la novità e l'importanza, quasi si trattasse di un'impresa realizzata da propri connazionali.

Nemmeno il fatto che, in fin dei conti, si tratta pur sempre di una esercitazione militare e di un'ostentazione di forza ha potuto attenuare con una sfumatura d'istintiva preoccupazione l'entusiasmo insolito della popolazione per questa nuova gesta della nostra aviazione.

Nel giugno 1928 le unità della Ia squadra navale italiana in crociera nel Mediterraneo Orientale visitava i porti di Palma di Majorca, Alcudia, Ibiza, Mahón, Pollenza, Soller e Ciudadela.

Il soggiorno dell'esploratore «Taranto» e della Ia squadriglia sommergibile (16-22 giugno) ebbe carattere ufficiale improntato a uno scambio di manifestazioni di amicizia italo-spagnola: scambio di salve, visite, ricevimenti, distribuzione di decorazioni, discorsi, banchetti, gita, ecc. ecc. Il soggiorno dell'esploratore «Pantera» e dei cacciatorpediniere «Battisti», «Manin», «Sauro Nullo» (24-30 giugno) dette luogo ad analoghe manifestazioni d'amicizia italo-spagnola.

Ad aumentare il carattere ufficiale di esse contribuì la partecipazione del principe Eugenio di Savoia, Duca d'Ancona, guardia marina del «Battisti», nonché dell'ammiraglio Bonaldi.

I rapporti dell'Agente Consolare italiano in Palma insistono sulle buone accoglienze fatte dalle associazioni nazionaliste e dai circoli aristocratici, ma tanta festa fu un poco guastata dall'indifferenza degli italiani residenti a Palma di Majorca «Nessuno dei quali si fece vivo con S. E. l'Ammiraglio Bonaldi» prima dal giorno in cui furono invitati a bordo della nave ammiraglia a mezzo del locale Agente Consolare.

L'addetto navale della R. Ambasciata d'Italia a Madrid segnalava la cosa (23 luglio) al R. Console Generale d'Italia a Barcellona, il quale scriveva al segretario del Fascio di Barcellona (30 luglio):

Mi duole doverle segnalare che nel recente soggiorno di nostre unità navale alle Baleari, nessun connazionale si è recato a bordo a far atto d'omaggio all'ammiraglio, prima del giorno in cui furono poi da questi invitati.

Siccome mi risulta che a Palma il Fascio conta un certo numero di aderenti, così segnalo la cosa alla S.V. perché ne faccia oggetto di comunicazione a quei gregari ai quali sarebbe spettato prima d'ogni altro di prendere l'iniziativa d'una tal visita.

L'indifferenza dei connazionali minacciava il prestigio imperiale ed è naturale che destasse viva preoccupazione.

Appare evidente, in tutte le istruzioni ed i rapporti scambiati tra le autorità italiane, che le crociere miravano ad épater gli abitanti delle Baleari. Il reggente della R. Agenzia Consolare d'Italia in Palma di Majorca, scrivendo al R. Console Generale d'Italia in Barcellona (29 giugno 1929) a proposito della visita degli avanguardisti diceva:

Se la visita alla Esplanada dovesse rispondere al desiderio di eseguire alcuni esercizi ginnastici od altro, è da sconsigliare, in primo luogo perché sempre ingombra di materiali da costruzione, secondo per la forte pendenza della medesima che la rende inadatta per eseguire esercizi collettivi di certa importanza. Per lo scopo su accennato sarebbe conveniente e di facile attuazione, un campo di sport di qualche società sportiva locale, luogo molto più adatto e rispondente in migliore modo al scopo di propaganda.

Il 12 agosto, quell'Agente Consolare scriveva al R. Console Generale in Barcellona sull'opportunità di far coincidere la visita degli avanguardisti con le feste in onore del Re Jaime il Conquistatore e il Console Generale si affrettava a segnalare la cosa (14 agosto) all'Opera Nazionale Balilla. Il 15 settembre, gli avanguardisti italiani visitavano Palma e l'Agente Consolare del luogo così riferiva al Console Generale di Barcellona (21 settembre):

L'interesse dimostrato dalla Colonia italiana e dalla popolazione di Palma per la visita degli Avanguardisti si è reso palese sin dai primi comunicati trasmessi da questa Agenzia alle Autorità locali ed alla Stampa, nonché dalle continue richieste di notizie riguardanti l'arrivo e le variazioni del programma in precedenza stabilito.

Al mattino del giorno 14 (giorno fissato per l'arrivo) le Autorità, i componenti attivi della Colonia, i rappresentanti del Fascio di Barcellona e molto pubblico accorsero al porto per attendere l'arrivo delle giovani Camicie nere.

Dopo lunga attesa, e non essendo segnalato l'arrivo del piroscafo, le Autorità ed il pubblico abbandonarono il molo, non sapendo e non potendo dare spiegazioni per giustificare il mancato arrivo.

Alle ore 17 dello stesso giorno ricevetti un radiogramma del Console Generale Chiappe da Capo Palos dove mi annunziava l'arrivo del «Cesare Battisti» per le ore 9 del giorno dopo; orario che poi non fu possibile mantenere per aver incontrato sulla rotta vento contrario.

Alle ore 11,30 della domenica venne segnalato l'arrivo del piroscafo ed alle ore 12,30 venne dal pilota del porto fatto ancorare il più possibile vicino al punto di sbarco. Non fu possibile farlo ormeggiare al molo, nonostante il vivo interesse preso dal sottoscritto, stante il pescaggio di 25 piedi del «Cesare Battisti». (Il porto di Palma permette come massimo 21 piedi a poppa.)

Immediatamente, e servendomi della lancia a motore del direttorio della Sanità del porto, mi sono portato a bordo con le Autorità per portare innanzi tutto il saluto della Colonia italiana e poi per la presentazione dei diversi rappresentanti, come pure per prendere accordi con il comando sul programma da svolgersi.

Pochi minuti dopo il nostro arrivo vennero pure a bordo i rappresentanti del Fascio di Barcellona Sgg. Buzzanca e De Santis, il Rev. Dr. Sureda Blanes, inviato speciale da Madrid da S. Em. il Vescovo di Simon.

Prima di portarmi a bordo attorniato dalle Autorità osservammo, con entusiasmo, lo spettacolo imponente e commovente alle lagrime che offrivano i nostri bravi avanguardisti arrampicati su ogni oggetto possibile, tanto da gremire tutti i ponti e le coperte del piroscafo, il loro brulichio destava ammirazione ed invidia.

Appena ancorato il «Cesare Battisti», dai diversi Club nautici del porto e nonostante l'ora non troppo propizia, si staccarono molte imbarcazione a motore compiendo attorno al piroscafo evoluzioni ardite e portando in tale maniera il benvenuto agli ospiti graditi.

Dopo la presentazione a bordo delle Autorità, venne fissato il programma da svolgersi nelle poche ore di permanenza nelle acque di Palma e con unanime consenso e fra grande entusiasmo si decise di assistere alla Corrida che doveva aver luogo nella nuova piazza dei tori di questa città.

Immediatamente mi portai dal proprietario del Coliseo Balear Sg. José Tous Ferrer, per assicurarmi i 1.200 posti e nello stesso tempo pattuire una eventuale riduzione del prezzo. Molto generosamente il Sig. Tous mi assicurò che avrebbe fatto delle condizioni speciali e che avrebbe deciso ogni cosa ultimata la Corrida. Mi portai nuovamente a bordo onde comunicare la notizia ed allora l'entusiasmo per la Corrida aumentò in modo indescrivibile.

Immediatamente cominciò lo sbarco dei vari reparti con i mezzi di bordo ed alle ore 15,45 tutti gli Avanguardisti si trovavano in formazione sulla spianata del molo. Ad attenderli a terra vi erano diversi italiani della Colonia nonché molto pubblico e tutti volevano vedere i gagliardi figli del Duce.

Alle ore 16 avevo fissato la visita al Sindaco nel palazzo Municipale e nello stesso tempo disposto, d'accordo con il Console Generale, perché gli Avanguardisti sfilassero in formazione davanti alle autorità Municipali, e percorressero sempre in formazione la parte alta della città per recarsi alla piazza dei tori. Alle 16,15 dal balcone centrale del Palazzo Municipale e con l'assistenza del Sindaco, dei diversi Consiglieri, del Console Generale Chiappe ed alcuni Ufficiali del Comando, assistiamo alla imponente sfilata. Al passaggio di ogni gruppo, il Sindaco e molti Consiglieri, passato il primo momento di incertezza, rispondono con il braccio teso al saluto fascista e dopo circa mezzora di sfilata ci rechiamo tutti alla Corrida.

Non appena entra nella pista la musica degli Avanguardisti scroscia dal numeroso pubblico un applauso imponente pieno di emozione, ed una moltitudine di fazzoletti colorati saluta con entusiasmo ogni nuovo gruppo di Avanguardisti che entra nella pista. Ultimata la sfilata, la musica avanguardistica intona la marcia Reale spagnola e poi quella italiana ascoltate entrambi a capo scoperto e sull'attenti da tutti i presenti. Gli Avanguardisti intonano poi in coro l'inno dei Balilla seguito da interminabili applausi ed evviva indimenticabili. Immediatamente prendono posto nelle ampie gradinate specialmente riservate e qualche minuto dopo incomincia la Corrida.

L'attenzione e l'emozione per tale spettacolo è vivissima in tutti. Bruno e Vittorio Mussolini invitati dal Sindaco, ove già si trova il Console Generale Chiappe e gli ufficiali del Comando, ricusano cortesemente per scegliere un posto nelle prime file onde poter seguire più da vicino le varie fasi della Corrida. Il primo toro viene, in omaggio, offerto agli Avanguardisti ed il torero getta a loro il proprio cappello tricorno; in un attimo i bravi ragazzi lo passano di mano in mano e se lo mettono in capo con soddisfazione nel mentre fra la più grande allegria incomincia la lotta con il toro.

Dopo il terzo toro, come già stabilito in precedenza dal Console Generale, si raggruppano gli avanguardisti nuovamente nella pista, salutando alla voce il Sindaco Signor Tous Ferrer, che dalla commozione mi comunica non volere accettare nessun importo per lo spettacolo; si saluta Palma ed i suoi ospitali abitanti e fra l'entusiasmo generale, la colonna abbandona il Coliseo Balear.

Con la musica in testa, seguita dal Console Generale Chiappe, dagli ufficiali del Comando, dallo scrivente cui è stato concesso l'onore di sfilare alla sinistra del Console Generale Chiappe, la Colonna si reca davanti alla statua del Re Jaime I, conquistatore di Majorca, dove tre avanguardisti montati sul monumento sostengono un grandioso mazzo di fiori omaggio delle giovani Camicie nere al Re conquistatore. Tutti i gruppi passano e salutano e terminata la sfilata vengono deposti i fiori ai piedi del conquistatore.

Dai presenti viene commentato assai favorevolmente il nobile gesto delle Camicie nere e rapidamente viene portata la notizia dell'omaggio al Sindaco della città.

Traversando ora la parte bassa della Città e sempre al suono intermittente degli inni fascisti, tra l'entusiasmo e l'approvazione della folla accorsa ad ammirare le future speranze della nostra bell'Italia, si arriva alla spianata del molo, punto d'imbarco.

Le operazioni d'imbarco seguono regolarmente e con grande celerità gli avanguardisti dei primi scaglioni staccandosi da terra lanciano dei poderosi saluti ed evviva inneggianti alla Spagna ed a Majorca, ricambiati con entusiasmo fraternale dai numerosi maiorchini accorsi a salutare la partenza delle giovani Camicie nere.

Il Console Generale di Barcellona, rifacendo il rapporto dell'Agente Consolare sopra citato (7 ottobre) per comunicarlo al Ministro degli Affari Esteri gli faceva concludere:

L'impressione lasciata dalla visita degli Avanguardisti a Palma è stata ottima ed ha dato spunto ai più lusinghieri commenti sull'educazione ed inquadramento della gioventù italiana nello Stato ed ai fini dello Stato.

Nell'aprile 1930 due sommergibili italiani («Millelire» e «Toti») permanevano nel porto di Mahón. Nel settembre dello stesso anno soggiornava nello stesso porto la R. Nave Scuola «Colombo».

Nel dicembre dello stesso anno sei idroplani, al comando di S. E. il Ministro Generale Balbo, ammaravano «a causa del cattivo tempo» nella baia di Colonia de Campos del Puerto. Nella sua relazione su questa sosta, l'Agente Consolare in Palma si sofferma per mettere in rilievo quanto ha potuto contribuire al prestigio italiano. Balbo non volle per nessuna ragione abbandonare la spiaggia, rassegnandosi a dormire in una casupola di pescatori del posto. Esempio ammirabile e commovente che ha lasciato nell'animo dei buoni ed umili un ricordo di affetto sincero e di quasi venerazione per il nostro fiero «pioniere»... trovai i pescatori, i carabinieri e le guardie civili commentando con episodi allegri la breve permanenza nelle acque della Colonia dei nostri aviatori, permanenza che ha suscitato una forte corrente di simpatia e di cameratismo ed ha saputo fare apprezzare le doti dell'audacia nonché la nobiltà d'animo della nuova generazione italiana, lasciando fra queste umili ma nobili genti un ricordo carissimo e duraturo. Quando lasciai la Colonia due guardie civili con le lacrime agli occhi mi dicevano: «Piense Ud., un General tan joven, un Ministro venir a estrechar la mano a un pobre guardia civil, cosa que no habia visto nunca desde que soy al mundo!!!...», mentre che lì vicino sulla spiaggia un gruppo di pescatori stanno per rovesciare una barca da pesca e gridano: Forza! Forza! Passa di qua, passa di là, in perfetto italiano... Mi avvicino e domando: «Ma voi parlate italiano?...». Mi rispondono: «Si, ripetiamo quanto per tante volte ci ha detto il Capitan Cagnas; aquél si que es un Capitàn, ademàs el dialecto italiano se parece mucho al de Mallorca, y desde hoy cuando haremos algun esfuerzo hablaremos en italiano».

Quella sosta ci obbliga ad aprire una parentesi che illustra come e quanto l'ossessione del prestigio sia forte nelle sfere ufficiali italiane. Che degli idroplani, sorpresi da un forte temporale, debbano ammarare è la cosa più naturale del mondo, ma non per i gerarchi dell'impero mussoliniano. Avendo Il Corriere della Sera del 22 gennaio 1931 riprodotto, sotto il titolo «Le ore di ansia di Balbo a Majorca dopo il fortunoso ammaraggio», il resoconto dal periodico Le vie dell'aria relativo all'arrivo dei sei idrovolanti all'isola di Majorca, il Ministro degli Affari Esteri, sospettò l'Agente Consolare di Palma di Majorca di aver fornito alla stampa il testo della relazione inviata al Console Generale in Barcellona su quell'argomento, ed invitò quel Console a richiamare quell'Agente Consolare «ad una maggiore riservatezza e serietà di condotta». Nel giugno 1932 una parte della squadra navale del Tirreno sostava ed effettuava esercitazioni nelle isole Baleari.

Il 26, sei incrociatori leggeri approdavano nel porto di Mahón, mentre due incrociatori ed una flottiglia di otto cacciatorpedinieri davano fondo nella baia di Palma. La relazione del R. Console Generale a Barcellona al Ministro degli Affari Esteri (23 luglio) è rivelatrice dell'importanza politica data dal Governo italiano a questa visita navale.

...Trasferitomi a Palma con un giorno di anticipo ho potuto prendere contatto con le diverse autorità locali per rendermi conto di quanto era stato predisposto dall'Agente Consolare perché, secondo le istruzioni tempestivamente diramate sia a questi come a quello di Mahón, le nostre navi trovassero quell'accoglienza ed assistenza cordiale e premurosa per cui il loro soggiorno riuscisse giovevole sotto il punto di vista tecnico non meno che politico.

Compito questo che ho trovato facilitato dall'opera che doveva avere in precedenza svolta la nostra R. Ambasciata come risultava evidente dall'atto eccezionalmente cortese del governo spagnolo di mandare a palma quattro torpediniere per ricevere la nostra squadra. Detta squadriglia proveniente da Cartagena arrivò a Palma anch'essa il giorno prima delle nostre navi.

Nella mattinata del 26, con le formalità stabilite, feci visita a S. E. l'Ammiraglio Burzagli, che mi accolse con particolare cortesia dimostrando di aver apprezzato molto che mi fossi trovato di persona a ricevere la squadra.

Il 26, essendo domenica, fu convenuto che la restituzione delle visite avesse luogo il giorno successivo prima delle visite alle autorità civili e della restituzione a quelle militari della visita da loro fatta per primi nella mattinata del 26, come voleva la differenza di grado.

S. E. l'Ammiraglio fu da me ricevuto nella sede dell'Agenzia Consolare donde poi l'accompagnai dal Governatore Civile, dall'Alcalde e dal Vescovo, che - preavvisati - si trovarono tutti di persona a ricevermi.

Compatibilmente con la scarsa importanza che è notorio suole darsi al cerimoniale a Palma di Majorca e compatibilmente con la poca famigliarità che ne hanno diverse delle persone elevate alle alte cariche dell'attuale Governo repubblicano-socialista, tutte le autorità si sono espresse in termini affabili ed inequivocabilmente amichevoli con l'Ammiraglio, dicendosi lieti di ospitare la flotta italiana ed offrendosi con spontanea, sincera larghezza per tutto quanto potesse renderne più gradito il soggiorno.

A fatti essendoci però risultato non avere dette autorità intenzione di complimentare la squadra se non con una escursione nei dintorni ed un cocktail, sia perché non usi a far di più in consimili occasioni per navi da guerra di altri stati, sia perché prevenute del nostro criterio di limitare al massimo le spese per festeggiamenti, fra l'Ammiraglio e me convenimmo che al pranzo che io mi ero proposto di offrire all'Ammiraglio ed a una rappresentanza di ufficiali della squadra non si facesse luogo ad inviti alle autorità spagnole ed egualmente facesse l'Ammiraglio pel pranzo che aveva stabilito di dare sul «Trieste». Da parte mia fu praticata un'unica eccezione invitando il Comandante la squadriglia di cacciatorpediniere spagnola venuta - come ho già detto - appositamente a Palma di Majorca per fare atto di amichevole dimostrazione alla nostra marina.

S. E. l'Ammiraglio estese l'eccezione al Comandante di marina del porto, ciò che io non credei di essere obbligato a fare anche perché questi mancò di restituirmi la visita che gli avevo fatto il giorno avanti dell'arrivo della squadra.

Dico anche, perché sarei pur passato sopra a tale omissione benché vi cadesse per la seconda volta - tre anni fa mi restituì la visita soltanto dopo averglielo fatto rilevare - ma secondo me non trovavo si fosse dato abbastanza pena perché alle nostre navi leggere venisse riservato un ormeggio nell'interno del porto, magari facendo uscire i quattro caccia spagnoli, cortesia che la nostra marina pratica sempre in Italia e che ci fu usata anche qui a Barcellona in precedenti circostanze. Ma occorre pur osservare a parziale giustificazione di questa mancata premura del predetto comando di marina, che in quei giorni aveva da ormeggiare una moto nave di congressisti per i quali Palma non offriva alloggio.

Il giorno 30 col postale arrivarono LL. EE. l'Ambasciatore e l'Ambasciatrice in forma privata. Avendolo comunicato per tempo alle autorità queste non mancarono di farsi premura di visitare l'Ambasciatore al suo arrivo, prima ch'egli si trasferisse a bordo dell'incrociatore «Zara» dove l'Ammiraglio aveva stabilito di offrirgli ospitalità.

La cittadinanza di Palma ossequiò la squadra invitando gli ufficiali ad una verbena al Circolo del Tennis e ad una festa da ballo nel Circolo Majorchino. Diede motivo a questa festa anche la presenza in Palma di numerosi partecipanti ad un congresso di medici catalani.

S. E. l'Ammiraglio offrì un thè danzante a bordo della «Trieste» nel pomeriggio del 29, che riuscì, sotto ogni punto di vista, così bene da suscitare nell'ambiente locale i più lusinghieri commenti.

Così pure furono oggetto di commenti favorevolissimi per la nostra marina il corretto e dignitoso contegno tenuto dagli equipaggi e lo spirito di franca e cordiale«camaraderie» che improntò i loro rapporti con la popolazione.

A tal proposito merita di essere menzionata la lettera diretta all'Agente Consolare di Palma dopo la partenza della squadra dal «Fomento del Civismo e della Cultura Ciudadana», associazione culturale di quella Città, che ha tenuto a porre per iscritto la propria ammirazione pel contegno dei nostri marinai «che hanno lasciato in Palma gratissimo ricordo». - La stampa - tutta, senza distinzioni - si fece eco della grande simpatia suscitata nell'ambiente dai nostri ufficiali e marinai, facendone brevi ma eloquenti elogi, tra le cui linee s'intravedeva anche quel confronto, tutto a nostro favore, con gli ufficiali e marinai di altre nazionalità, confronto che era un po' sulla bocca di tutti i majorchini quando parlavano della squadra.

Fu anzi proprio El Día, il giornale più ostile a noi, che scrisse il miglior commento. Mi risulta inoltre che tale commento sarebbe stato seguito da altro sullo stesso tono se il poco spazio disponibile di questa gazzetta di provincia non fosse stato quasi monopolizzato in quei giorni dal congresso medico (manifestazione a sfondo catalanista) e dalla prezzolata difesa del noto finanziere e deputato March - il padrone dell'isola - messo recentemente in istato di accusa dall'attuale governo per le sue speculazioni all'epoca della dittatura.

Comunque sta il fatto, che malgrado l'attuale divergenza di principi fra l'Italia e la Spagna, non mi risulta siasi avuto a deplorare il benché minimo incidente né a Palma, né a Mahón, né successivamente a Pollenza.

La scarsa Colonia di Palma convocata dall'Agente Consolare si recò nel pomeriggio del 28 a rendere omaggio all'Ammiraglio e nella mattinata del 30 a S. E. l'Ambasciatore. Anche da Barcellona convennero a Palma alcuni connazionali e sia questi come quelli del luogo non mancarono di essere presenti alla festa data a bordo del «Trieste».

Il giorno prima la IIa squadra salpò da Palma ed eseguendo un'esercitazione di avvistamento e d'incontro del nemico con la divisione proveniente da Mahón, si riunì a questa e proseguì per Pollenza. Imbarcato sul «Zara» mi trasferii anch'io in detta località. Quivi la squadra si soffermò fino al pomeriggio del 4 partendo poscia alla volta di Algeri, Bona e Philippeville.

Pollenza è una baia lontana da ogni centro cittadino non escluso quello da cui prende il nome, per cui il soggiorno che vi fecero le nostre navi ebbe esclusivamente importanza dal lato tecnico, dato il valore militare di questa profonda insenatura capace, insieme a quella adiacente di Alcudia, di ospitare un'intera flotta.

A tal proposito debbo dire che, a mio modesto parere, è stata una felicissima idea quella d'includere le Baleari nella recente crociera della squadra del Tirreno; felicissima tanto dal punto di vista politico come da quello militare.

Dal punto di vista politico perché i risultati che se ne può sperare nel lavoro di addomesticamento di questo bravo e aggraziato puledro che è la stampa repubblicana di oggi, e dal punto di vista militare di familiarizzare la nostra marina con le acque e con le coste di questo arcipelago delle Baleari, destinato a giocare la parte di primo e prezioso palio di contesa fra le flotte belligeranti in un eventuale conflitto avente per teatro di operazioni il Mediterraneo occidentale.

Tanto dal rapporto dell'Agente Consolare di Majorca quanto dalle informazioni verbali avute dall'Ammiraglio Castiglionese, che comandava la divisione incrociatori leggeri, anche a Mahón la nostra divisione che ebbe a soggiornarvi non trovò meno favorevole accoglienza ed assistenza che a Palma da parte delle Autorità civili e militari di quella città. E la cittadinanza non si manifestò meno cordiale ed espansiva nei riguardi dei nostri ufficiali e marinai cui venne offerta una festa nei locali della Liga marittima spagnola.

[...]

La moglie del Signor Facchi alla quale]'Ammiraglio affidò il compito di fare gli onori di casa a bordo del «Trieste» in occasione del thé, si disimpegnò assai bene.

Vi fu tra i nostri chi criticò che al Circolo majorchino i dirigenti non si facessero trovare all'ingresso a ricevere l'Ambasciatore e l'Ammiraglio e perché al loro ingresso nella sala del Circolo non fu suonato l'inno italiano. Ma occorre dire che per il fatto che il Circolo ha due ingressi su due diverse strade, l'Ambasciatore e l'Ammiraglio, per insufficienti accordi preventivi, scesero a quello considerato il meno importante. Quanto all'omissione della marcia reale ho saputo che l'elemento prevalente del Circolo, per antipatia all'attuale regime, ha voluto in tal modo evitare che la musica suonasse anche l'inno repubblicano di Riego come indubbiamente non avrebbe potuto esimersi di fare.

Allego alcuni ritagli di giornale di Palma e di Mahón concernenti il soggiorno della nostra squadra.

Nell'agosto 1934 una squadra italiana composta di un incrociatore, di un esploratore e di otto sommergibili, giungeva nel porto di Mahón e nel porto di Almería, ma l'Ambasciata d'Italia a Madrid faceva presente al Console Generale in Barcellona che «le visite suddette non hanno carattere ufficiale» (per espresso numero 2280-6 luglio). Nel maggio dello stesso anno una nave della Regia Marina italiana aveva fatto scalo nel porto di Palma di Majorca, ma né il Console Generale di Barcellona né le autorità locali spagnole furono informate di quell'arrivo ed il comandante della crociera si limitò a far visita al comandante militare, al sindaco, al governatore civile ed al vescovo ed i quarantotto ufficiali effettuarono in borghese una gita nei dintorni.

Erano ormai lontane le manifestazioni di amicizia italo-spagnole.

CAPITOLO III

GELOSIE

L'Italia imperiale, fisso l'avido sguardo sulle Baleari, spiava qualsiasi attività straniera che potesse in un modo o nell'altro diminuire il suo prestigio e minacciare i suoi piani egemonici. Il 26 aprile 1927 il R. Console Generale d'Italia in Barcellona Conte Romanelli, scrivendo al Ministro degli Affari Esteri a proposito dell'utilità di visite proprie ai vari Agenti Consolari, osservava:

Speciale importanza, sotto vari aspetti - anche politici - avrebbe la visita alla Regia Agenzia in Palma di Majorca, capitale delle Baleari, dove mi si assicura che viene esercitata da elementi inglesi e francesi una influenza preponderante, sempre in aumento, che potrebbe un giorno essere di pregiudizio ai nostri interessi, data la speciale posizione strategica di quelle isole. (N. 948/III/P. Pers. 3).

Particolare attenzione rivolgevano le autorità consolari italiane alle navi da guerra straniere approdanti nei porti delle Baleari.

Il R. Console Generale in Barcellona diramava il 31 dicembre 1928 alle agenzie consolari di Palma di Majorca di Mahón e di Ibiza le seguenti istruzioni:

Prego volermi informare sempre quando approda o parte da codesto porto una nave da guerra straniera. La comunicazione è sufficiente sia fatta per posta purché con la maggiore sollecitudine.

Queste istruzioni consolari erano il riflesso di istruzioni ministeriali. Il 28 di quello stesso mese, il Consolato d'Italia in Barcellona aveva ricevuto dal Ministro degli Affari Esteri S. E. Grandi il seguente telegramma (14302/55):

A partire del 1 febbraio 1929 prego V. S. segnalare con telegramma in cifra a questo Ministero le partenze e gli arrivi delle navi da guerra estere nei porti del Mediterraneo di sua giurisdizione. I vice consolati e le Agenzie consolari dipendenti da codesto R. Ufficio dovranno fare le segnalazioni del caso a V. S. per la trasmissione a questo ministero.

Tre grandi nubi si addensavano allo sguardo dell'Italia imperiale, sulle Baleari. La nube inglese, quella tedesca, e quella francese.

Il 18 marzo 1935 il Console Generale di Barcellona mandava al Ministero degli Affari Esteri ed all'Ambasciatore in Madrid un suo rapporto sul concentramento a Majorca delle squadre inglesi dell'Atlantico e del Mediterraneo. Il 23 dello stesso mese quel Console informava di nuovo il Ministero e l'Ambasciatore, e comunicandogli la partenza delle squadre inglesi gli segnalava che le manovre e specialmente il viaggio di andata furono turbate dal mal tempo che avariò alcune unità minori. La stampa locale se ne è disinteressata. Solo l'organo separatista catalano «La Publicitat» nel suo numero del 21 corrente ha pubblicato al riguardo una breve nota di cui accludo la traduzione. «L'Ambasciatore inglese a Madrid sarà qui di passaggio domani» (N. 726/61 P. A. 48).

Il 13 marzo 1926 il reggente dell'Agenzia Consolare di Palma di Majorca mandava al Console Generale in Barcellona un dettagliato rapporto sul concentramento delle squadre inglesi dell'Atlantico e del Mediterraneo nelle acque di Palma, mettendo in rilievo che le manovre erano state soppresse causa il forte vento.

Seguiva l'elenco delle manifestazioni di cordialità anglo-spagnola svoltesi nel corso della sosta delle squadre a Palma.

Nell'Ottobre dell'anno seguente Primo de Rivera e Chamberlain s'incontrarono a Palma di Majorca. Mussolini drizzò subito le orecchie, sicché il Console Generale a Barcellona scriveva al Reggente la R. Agenzia Consolare in Palma una Riservata (7 ottobre N. 9629/P. A./I) nella quale lo invitava ad inviargli una dettagliata relazione su quell'incontro «corredando detta relazione con tutti i particolari e deduzioni che la S. V. creda interessante riferire».

Il 24 aprile 1928, in occasione della visita di alcune navi da guerra britanniche, il reggente di quella Agenzia Consolare rilevava in un suo rapporto al Console Generale in Barcellona che durante il soggiorno delle navi inglesi nessuna eccezionale manifestazione di simpatia era stata fatta da parte sia delle autorità locali sia della popolazione. Informazioni, queste, che il Console Generale si affrettava (21 aprile - N. 1520/164 P. A./48) a comunicare al Ministro degli Affari Esteri. Il 1 ed il 7 marzo 1929 il reggente l'Agenzia Consolare in Palma segnalava al Console Generale in Barcellona l'arrivo di navi da guerra inglesi nel porto di Palma, il 13 marzo gli segnalava la partenza di quelle navi ed il 19 dello stesso mese la loro entrata nella baia di Pollenza. Il Console Generale trasmetteva telegraficamente al Ministero degli Affari Esteri gli spostamenti della squadra inglese. Il movimento di navi da guerra inglesi nelle acque delle Baleari nel marzo 1930 fu egualmente oggetto di lettere dal reggente l'Agenzia Consolare di Palma al Console Generale in Barcellona che ne riferiva telegraficamente al Ministro degli Affari Esteri.

Segnalata dal Console Generale in Barcellona al Ministro degli Affari Esteri è l'11 aprile 1932, la presenza nella baia di Palma di una nave da guerra inglese segnalata il giorno stesso del suo arrivo (8 aprile) dall'Agenzia Consolare del luogo.

La visita di due corazzate inglesi a Palma, nel febbraio 1932, dava luogo ai soliti rapporti consolari sul ricevimento fatto agli equipaggi. Tipica è la corrispondenza relativa a quella visita inglese. Il 2 febbraio l'Agente Consolare in Palma segnalava per il 17 corrente l'arrivo in quel porto di quattro navi da guerra inglesi. Il 13 febbraio l'addetto navale dell'Ambasciata in Madrid prega il Console Generale in Barcellona di fargli avere direttamente dall'Agente Consolare in Palma le seguenti informazioni: nome e grado del comandante le forze navali; nomi e tipi delle navi; porti visitati e durata della permanenza in ciascun porto; relazioni con le Autorità locali ed eventuali festeggiamenti; notizie circa la loro attività nelle isole con dettagli sulle eventuali escursioni.

Il 20 febbraio, l'Agente Consolare di Palma, informando l'addetto navale, si sofferma sugli ultimi due punti, afferrando l'importanza che essi hanno per il governo italiano.

Con le autorità locali sono stati scambiati i relativi saluti di cortesia offrendo le autorità municipali i palchi dei teatri cittadini, affinché gli ufficiali delle due navi potessero assistere ai relativi spettacoli. Inoltre, per le due squadre rappresentative delle navi e la squadra del C. D. Majorca si sono giuncate partite di foot-ball nel campo sportivo della società majorchina. Non è stata notata nessuna attività nei diversi paesi e punti importanti dell'isola, e neppure vennero eseguite escursioni, tipo tedesco, nell'interno. Il giorno 18 corrente è arrivato a questo porto il piroscafo inglese «Laurente» della matricola di Liverpool e di 18.724 tonnellate con a bordo 500 turisti cd il giorno seguente è pure arrivato il piroscafo inglese «Express of Australia» con a bordo 497 turisti, e potrebbe darsi che nell'escursione che effettuano i turisti nell'interno dell'isola abbiano preso parte ufficiali delle due corazzate, impossibili da osservare perché normalmente vestono abiti borghesi. Mi è grato allegare alla presente i ritagli del giornale locale «L'Ultima Hora» riproducendo le notizie sulla permanenza delle navi in questo porto.

Già il 29 gennaio, annunciando l'arrivo di quelle navi da guerra l'Agente Consolare non aveva mancato di allegare un ritaglio de «L'Ultima Hora» annunziante un concerto vocale ed istrumentale a cura delle bande musicali e corali degli equipaggi inglesi.

Nell'aprile 1933, in occasione della permanenza delle squadre inglesi del Mediterraneo e dell'Atlantico nelle Baleari, vi fu il solito scambio di lettere, rapporti e telegrammi tra l'Agenzia Consolare di Palma, il Consolato Generale in Barcellona, e l'Ambasciata in Madrid ed il Ministro degli Affari Esteri.

L'Agente Consolare di Palma conferma una volta di più in quella occasione il proprio fiuto politico insistendo sul lato politico delle manovre navali inglesi.

Come negli anni precedenti - egli scrive al Console Generale in Barcellona (4 aprile) - si sono rinnovati incidenti ed alterchi fra sotto ufficiali e marinai in istato di ubriachezza, incidenti che hanno maggiormente messo in evidenza la ormai proverbiale correttezza e serietà dei nostri marinai, dimostrata nelle visite dell'anno scorso.

La permanenza della flotta inglese è stata caratterizzata quest'anno dalla eccessiva cortesia usata dai Comandanti in capo alle autorità locali, offrendo a più riprese e senza ottener ricambio, vari banchetti, feste e thè, ed offrendo agli abitanti concerti vocali ed istrumentali, visite alle navi in ore stabilite, gentilezze in contrasto con la rigidezza usata negli anni precedenti.

Negli ambienti ufficiali di Palma si vuol veder una certa relazione nelle recenti visite della flotta inglese a Majorca e la visita del primo Ministro inglese a Roma.

Il 25 gennaio 1934 l'Agente Consolare di Palma segnalava al Console Generale in Barcellona che il giorno prima era arrivata in porto una corazzata inglese. Il 29 il Console comunicava telegraficamente quell'arrivo al Ministero degli Affari Esteri. La «regina dei mari» continuava a preoccupare la «nazione mediterranea». Una seconda nube era apparsa minacciosa nel maggio 1926: quella della squadra navale tedesca, in crociera mediterranea «esclusivamente dedicata alla Spagna» - come rilevava il Console Generale in Barcellona scrivendone il 2 giugno (N. 1823/166 P. A. 48) all'Ambasciatore in Madrid. Non era tanto la potenza della divisione navale tedesca che preoccupava quel console, quanto i festeggiamenti offerti agli equipaggi sia a Palma e a Mahón, sia a Barcellona. «A bordo della nave ammiraglia - osservava il conte Romanelli - trovasi una banda militare che darà concerti e sono già state rimarcate le uniformi dei marinai che sono eleganti e quasi lussuose».

Oltre la banda e le uniformi, i tedeschi hanno della diplomazia. Ma questa non è così pericolosa, secondo il parere del signor conte, che così ne scrive l'8 giugno (N. 1879/174 P. A. 48) all'Ambasciatore in Madrid:

Il vice Ammiraglio Von Mommsen fu a Málaga, e l'ambasciatore conte de Welezech è venuto qui e riparte questa sera per la capitale. Lo scopo evidente della visita tedesca è accaparrarsi le simpatie spagnole, ma lo hanno fatto con quella mancanza di tatto e di opportunità che è caratteristica della razza, tanto che si può dire che l'effetto desiderato non è sta to raggiunto. Accludo una copia del rapporto a tale riguardo direttomi dal R. V. console in Palma.

L'andata in vigore del nuovo trattato, una più intensa propaganda ed una maggiore attività fanno pensare che la Germania voglia attivare la sua azione politica-economica in Spagna dove conta ancora molta simpatia ed ammirazione. L'ambasciatore tedesco ha fatto dichiarazioni di carattere politico che risultano dall'allegato e la cui portata questo Consolato Generale ha procurato attenuare con un comunicato successivo.

Nel febbraio 1929 il passaggio di un incrociatore tedesco a Palma provocava il solito diluvio di lettere, rapporti e telegrammi dei servizi consolari italiani in Spagna.

Nel maggio 1930 una corazzata e sette torpediniere tedesche visitarono Mahón dando a bordo grandi ricevimenti e scorrazzando con molte automobili, cosa che l'Agente Consolare della località citava scrivendo al Console Generale in Barcellona (24-6) per sollecitarlo a permettergli di tener alto il decoro nei ricevimenti ad equipaggi italiani.

Nel maggio 1930 e nel marzo 1933 i movimenti di navi da guerra tedesche interessano ancora gli Agenti Consolari delle Baleari e il Console Generale in Barcellona. Ma un maggiore interesse fu da quelli rivolto alla «sorella latina».

L'approdo nel porto di Palma (ottobre 1930) di sottomarini della squadra francese (maggio e novembre 1931, luglio 1933, ecc.) interessano il governo italiano più dal lato politico che dal lato strettamente militare. L'11 maggio 1931 il Console Generale in Barcellona segnalava al Ministero degli Affari Esteri (N. 1873/194 Pas. A./48) che l'incrociatore francese Duguaj-Trouin, si è recato nel porto di Mahón per assistere alla cerimonia dell'inaugurazione di una lapide commemorativa posta nel mausoleo dove furono seppelliti i soldati francesi caduti in quella località durante la campagna per la conquista dell'Algeria nel 1830.

E gli annessi ritagli di giornali informano che al discorso del Console Generale francese risposero il Sindaco ed il Decano del corpo consolare e che la cerimonia si chiuse con un lunch offerto dal Municipio. E vi fu anche, oltre la partecipazione al corteo delle rappresentanze civili e militari, l'intervento di bande e di gruppi corali: cose queste che dovevano preoccupare non poco i «metteurs en scène» di Roma.

Abbiamo visto che le «relazioni con autorità locali ed eventuali festeggiamenti» sono uno dei punti principali dei rapporti consolari sul movimento di navi. Per non dilungarmi, cito soltanto alcuni esempi.

Nel suo rapporto del 4 dicembre 1931 sulla squadra francese nel porto di Palma nella baia di Alcudia, l'Agente Consolare scrive:

Il contrammiraglio Mr. Traub aveva annunziato in precedenza che, per non interrompere il normale funzionamento dei servizi, non avrebbe accettato altre manifestazioni ufficiali che le visite di cortesia, e per conseguenza non vi sono stati in onore degli ufficiali e marinai della squadra nessun festeggiamento.

Unicamente ho veduto alcuni autobus carichi di marinai e ufficiali che hanno visitato i posti più pittoreschi dell'isola copiando quanto fanno i tedeschi nelle loro rare visite a quest'isola.

Allegato alla presente unisco alcuni stralci dei giornali locali, annunziando come fatto di cronaca, l'arrivo e la partenza della squadra francese.

L'Agente Consolare di Palma si compiace della freddezza con la quale venne accolta la squadra francese nel luglio 1933. Tipico è il suo rapporto al Console Generale in Barcellona:

Palma di Majorca

N. 63 Pos. 13

Palma di Majorca, 5 luglio 1933 - XI

R. Consolato Generale d'Italia

Barcellona

Durante la permanenza in Majorca, delle navi da guerra francesi, si sono ripetuti i banchetti giornalieri come in precedenza con la squadra inglese. Il Console di Francia in questa città, aveva con ogni mezzo procurato di far organizzare feste e dimostrazioni sportive in onore degli ufficiali e marinai, però nonostante vari ricorsi anche a mezzo avvisi e a mezzo della stampa locale non si è verificata nessuna festa.

Le due navi da guerra spagnole che si trovavano ancorate in baia da vari giorni, hanno abbandonato l'isola il giorno prima dell'arrivo delle navi francesi, e dicesi per evitare, come in altre città, gli incidenti derivati dalla rivalità esistente fra marinai spagnoli e francesi.

Il Vice-Ammiraglio Dubost ha offerto alle Autorità Spagnole, ai Consoli delle varie Nazioni ed a famiglie distinte dell'isola un thè a bordo della nave Ammiraglia, imitando in tutto quanto offerse S. E. l'Ammiraglio Burzagli in occasione della visita a questa isola nell'estate scorsa.

Con la massima osservanza.

Il R. Agente Consolare

F. FACCHI.

I francesi, oltre che scimmiottare i tedeschi nell'ammirare i bei paesaggi e gli italiani nell'offrire il thè, sono dei charmeurs incorreggibili. Il Console di Francia a Palma si è permesso di concedere un'onorificenza francese al Governatore Civile delle isole Baleari? Il Console Generale in Barcellona segnala questa sospetta «attività del Consolato di Francia a Palma di Majorca» all'ambasciata d'Italia in Madrid (7 marzo 1933 - N. 1151/71. St./I). Altro oggetto è un caso molto equivoco di altruismo francese segnalato dall'Agenzia Consolare in Palma al Consolato Generale in Barcellona (19 marzo): quello del Marchese de Rabar che ha regalato un yacht al Club Nautico di Palma.

Ma le malizie dei francesi non erano finite. Nell'aprile dello stesso anno, il Console di Francia partecipava ad una festa a bordo di un transatlantico francese ancorato a Palma, fatto che fu oggetto di un rapporto dell'Agente Consolare d'Italia del luogo al Console Generale di Barcellona, e considerato come oggetto di un telespresso diretto il 10 aprile all'Ambasciata d'Italia in Madrid per informarla sull'attività francese a Palma.

La trasformazione in Consolato dell'Agenzia Consolare di Francia in Palma di Majorca ai primi dell'Ottobre 1931 e l'attività del Console francese erano stati oggetto di molti rapporti dell'Agente Consolare in Barcellona e di quest'ultimo all'Ambasciata in Madrid nonché al Ministro degli Affari Esteri.

All'Agente Consolare in Palma, il Console Generale scriveva l'8 ottobre (Riservatissima 4031 Pers. 2):

Le sarò grato se vorrà tenermi informato dell'arrivo del supposto titolare del Consolato, del personale dal quale il Consolato stesso sarà costituito e di quanto altro infine potrà sapere sull'argomento in parola, che merita tutta la nostra attenzione.

Il 17 ottobre l'Agente Consolare comunicava al Console Generale:

Oggi ha preso possesso del Consolato di Francia il Console Sg. Louis Mougin.

In una lettera comunicazione, inviata ai Consoli delle altre Nazioni riferisce che: il Governo della Repubblica Francese ha deciso di rinforzare la rappresentanza consolare dell'arcipelago Baleari creando un Consolato di Carriera.

Il nuovo Console ha già cominciata la sua opera inviando ai Consoli una lettera circolare invitandoli a far parte di una commissione pro turismo e per incarico avuto dal Governatore Civile della provincia. Non mancherò informare la S.V.I. su tale argomento.

Il 30 ottobre il Console Generale, in una sua Riservatata-Confidenziale (4340 Pers. 2) all'Agente Consolare scriveva:

La prego trasmettermi con cortese sollecitudine una copia della circolare diramata dal Console di Francia a proposito della commissione pro-turismo, circolare alla quale Ella dovrà riservarsi di rispondere fino a quando avrà preso istruzioni dal Consolato Generale dal quale Ella dipende.

Lo stesso giorno, quel Console Generale scriveva una riservata (N. 4344/565. Pos. Ris. Pers. 2) al Ministro degli Affari Esteri nella quale riferiva così sulle attività del nuovo Console francese:

Egli ha subito provveduto a prendere contatto con le altre rappresentanze consolari del luogo ed ha invitato le medesime a collaborare con lui in una Commissione pro-turismo Baleari che si proporrebbe d'istituire. Richiamo l'attenzione di V. E. su questo singolare inizio dell'attività del nuovo Console a Palma di Majorca, tanto più che il predetto console pretende - com'egli dice in una circolare diramata testé ai rappresentanti consolari esteri e che attendo di avere in visione - d'essere stato incaricato dallo stesso Governatore Civile delle Baleari di fomentare il turismo di cui è cenno sopra.

Tale ostentato interessamento francese pel turismo nelle Baleari m'induce d'altro canto ad attribuire maggior valore ad informazioni recentemente pervenutemi, secondo le quali il Grand Hotel Formentor ed estesi terreni adiacenti situati all'imboccatura della baia di Pollenza, sono stati ceduti da un argentino ad una società francese. La baia di Polleriza costituì uno degli ormeggi della squadriglia Balbo nella sua Crociera nel Mediterraneo nel maggio 1928. È una baia dai fondali scarsi, ma che sembra ottima per naviglio leggero silurante.

Il 2 novembre, l'Agente Consolare in Palma comunicava al Console Generale (N. 109 Pos. Ris. 2) la lettera circolare del console francese. Lettera che metteva in imbarazzo il Console Generale che il 10 novembre (4460 Pers. 2) scriveva all'Agente Consolare:

Osservo che il testo della circolare diramata dal Console Francese è alquanto diverso da quel che poteva supporsi dalla sua precedente comunicazione. Nulla osta quindi ch'Ella risponda accedendo all'invito.

Lo stesso giorno, il Console Generale scriveva al Ministro degli Affari Esteri (N. 4461/586 Pers. 2) rettificando l'allarmistico rapporto N. 565 in data 30 ottobre. Le belle divise della Marina Tedesca, le buone bande di quelle Inglese e le feste da ballo del Consolato francese, tutto fa ombra agli osservatori di Roma, che vedevano sempre in pericolo il «destino Mediterraneo», ma che non disperavano e non tralasciavano, tra un'occhiata diffidente a destra ed una a sinistra, la propria opera di penetrazione.

RÉPUBLIQUE FRANÇAISE

CONSULAT DE FRANCE

Palma

Circonscription Consulaire:

Les Iles Baleares

Palma de Majorque, le 17 octobre 1931.

Monsieur l'Agent Consulaire et cher Collègue,

Le gouverneur des Baléares m'a prié de designer quelques-un des membres du Corp Consulaire à Palma en vue de participer aux travaux des commissions qui ont été constituées au cours de la réunion pour le dévelopment du tourisme aux Baléares, qui s'est tenue Vendredi dernier dans les locaux du Gouvernement Civil.

J'ai l'honneur de vous inviter à faire partie de cette réprésentation consulaire et je vous serais obbligé de me faire connaître le plus tôt possible, votre réponse à ce sujet.

Agréez, Monsicur l'Agent Consulaire et cher Collègue, les assurances de ma considération distinguée.

Consul de France

L. Mougin

Che l'attenzione di Roma fosse costantemente rivolta alle Baleari sarebbe ormai sufficientemente provato e quindi è superfluo l'insistere sull'argomento. Ma da quanto segue acquista maggiore rilievo il carattere imperialista di quell'interessamento e si profila l'opera di preparazione della conquista che esamineremo nel capitolo seguente.

Il 28 luglio 1926 il Console Generale in Barcellona riferiva all'Ambasciatore in Madrid sulla visita fatta in quel mese dai Ministri della Guerra e della Marina alle basi strategiche spagnole nel Mediterraneo «e particolarmente alle Baleari» (rap. Numero 223). L'11 dicembre 1926 quello stesso Console comunicava al Ministro degli Affari Esteri e all'Ambasciata in Madrid l'arrivo a Palma e a Mahón di materiale di artiglieria (N. 4004/ 333. P.A. 39). Il 21 maggio 1927 il Console Generale in Barcellona pregava (lettera N. 1207) il colonnello Valerio, addetto militare presso l'Ambasciata in Madrid, di procurargli due copie della carta militare dell'isola di Majorca ed il 6 ottobre dello stesso anno rinnovava la sua richiesta (numero 2610/P.B./5). Il 19 ottobre 1928 il Console Generale di cui sopra pregava il reggente l'Agenzia Consolare in Palma di completare la sua relazione sulla visita del re di Spagna all'isola di Majorca «aggiungendovi anche qualche notizia che abbia potuto raccogliere sui risultati delle manovre eseguite in codeste acque dalla squadra spagnola» (N. 4157/P.A./1). Quel reggente consolare, soddisfacendo la richiesta N. 3147 fattagli dal Console Generale in Barcellona, mandava a questi una dettagliata relazione (12 novembre 1928. Numero 91 Pos. 2 R.) nella quale descrive dettagliatamente i vari dislocamenti delle unità navali nel corso della visita reale, mettendo in rilievo le difficoltà di manovra dovute al mal tempo, sia nella baia di Palma sia nel porto di Pollenza.

Il 17 giugno 1929 il reggente consolare di Palma segnalava al Console Generale in Barcellona (N. 75/ Pas. A./48) l'arrivo nella baia di Alcudia di alcune navi da guerra della marina spagnola. Ed analoghe segnalazioni erano fatte il 27 settembre dello stesso anno (N. 112 Pos. A. 48), il 30 settembre 1930 (N. 113 Pos. A./48), il 19 marzo 1931 (N. 30 Pos. A./48). Il 1 marzo 1932 il reggente consolare di Palma all'arrivo in quella città del nuovo comandante militare delle Baleari, Generale Miguel Nunez de Prado Cusbielas, sostituente il Generale Cabanellas e il 9 novembre di quest'anno il Console Generale in Barcellona, comunicava al Ministero degli Affari Esteri e all'Ambasciata d'Italia a Madrid (N. 3872/148 Pos. A/15):

Mi viene riferito dalle R.R. Agenzie Consolari in Palma di Majorca ed in Mahón che nell'ultima settimana di ottobre ha visitato le Baleari a bordo del cacciatorpidiniere «Alcalá Gallano» il capo della Base Navale di Cartagena Vice Ammiraglio Juan Cerbera.

L'ammiraglio Cerbera si è particolarmente interessato alle opere difensive di Palma, Mahón e Pollenza che ha minutamente ispezionato. La visita dell'Ammiraglio alle Baleari quasi contemporaneamente al viaggio di Herriot a Madrid, ha suscitato i più vari commenti. Comunque sembra che detta visita preluda la creazione di una base navale a Mahón alla quale sarebbero destinate le navi attualmente appartenenti alla base di Cartagena. In Pollenza sarebbe invece creata una base aerea.

I lavori da effettuarsi nel porto di Mahón non potevano non interessare Roma, come risulta dal seguente documento:

N. 4004/786. Pos. A./1

Oggetto

Opere militari nelle

Isole Baleari

Il 19 novembre 1932 - XI

Al R. Ministro degli Affari Esteri

Roma

C.P.C.

Alla R. Ambasciata d'Italia

Madrid

A seguito delle informazioni comunicate con rapporto Numero 3222/150 del 10 novembre corr. e precedente ho l'onore di trasmettere un elenco dettagliato dei lavori da effettuarsi nel porto di Mahón, inclusi nel primo lotto per 6 milioni di Pesetas.

Da un'impresa locale che desiderava concorrervi ho poi appreso che i termini di tempo per presentare le offerte sono stati intenzionalmente ristretti per poter aggiudicare l'esecuzione dei lavori ad enti già di gradimento del Governo.

Con perfetta osservanza,

Il R Console Generale

G. Romanelli

Nel suo notiziario del 25 dicembre 1932 (N. 4.550/200 - Pos. St. 1), notiziario destinato al Ministero degli Affari Esteri e all'Ambasciata in Madrid, il Console Generale in Barcellona segnalava un articolo del locale quotidiano conservatore La Vanguardia nel quale si metteva in rilievo il carattere politico-militare dei lavori nel porto di Mahón.

Majorca doveva essere oggetto di particolari indagini dello spionaggio militare italiano. Il 13 marzo 1933 il detective Nait..., al servizio del Console Generale in Barcellona, comunicava a questi la seguente nota:

Le sujet qui s'est rendu à Palma de Mallorca (soupçonné d'espionnage) se nomme Zam Botiva, âgé de 45 à 48 ans. Il vit avec une maîtresse italienne naturalisée française nommée Maria Darezzo, la quelle est restée à Madrid où elle attend le retour de son amant.

Le prétexte du voyage de Botiva serait d'aller effectuer des fouilles aux Baléares à la recherche de tresors cachés.

Il giorno seguente, il Console Generale in Barcellona telegrafava all'Ambasciatore d'Italia in Madrid. L'informatore avverte che

agenti polizia Madrid partiti isole Baleari per seguire supposta spia italiana proveniente Madrid stop, persona avrebbe strano nome Zam Botiva stop 45-48 anni di età. stop comunico quanto sopra per ogni eventualità.

La premura di salvare un simile soggetto «che il Console Romanelli ha tutta l'aria di considerare» probabile spia militare, non potrebbe essere più manifesta.

Il governo italiano avrebbe ben voluto metter le mani sui lavori militari delle Baleari e non riuscendovi si sforzava a denunciare l'inframmettenza britannica. Il 13 febbraio 1936, il Console Generale in Barcellona scriveva all'Ambasciatore in Madrid:

Una rivista locale di cui questo R. Consolato Generale si serve per fare pubblicare articoli per noi interessanti, sta preparando un numero speciale dedicato alle Isole Baleari. Non sarebbe inopportuno che in tale numero trovasse posto un articolo connesso con l'inframmettenza britannica nei riguardi delle fortificazioni e basi navali in quella regione.

Qualora codesta Ambasciata disponesse di materiale del genere, sarei grato volesse farmelo avere.

La visita dell'infante Don Jaime a Palma di Majorca nel settembre 1929 fu anch'essa oggetto di un rapporto consolare molto dettagliato che prova una volta di più con quale vivo interesse il governo italiano seguisse la situazione politica locale dell'arcipelago. Con la situazione militare delle Baleari è quella politica che interessava di più al governo italiano.

Il 14 maggio 1927 (N. 1.142 - P.B./39) il Console Generale in Barcellona scriveva al Fascio italiano delle Isole Baleari:

Questo Consolato ha molto apprezzato l'atto di codesto Fascio di segnalare la notizia tendenziosa pubblicata dal giornale El Día di Palma.

Qualora - come è detto nel foglio al quale si risponde - si pubblichino nella stampa locale altre notizie ed articoli ostili al nostro Paese codesto Fascio farà sempre opera utile e gradita a questo Consolato segnalandoli per tramite della locale Agenzia Consolare.

Lo stesso giorno quel Console Generale scriveva al reggente l'Agenzia Consolare in Palma di Majorca (N. 1.143. - P.B. 39):

In relazione alla notizia tendenziosa di cui è oggetto il foglio 33, gradirei sapere se tra i giornali locali ve n'è qualcuno che ci sia particolarmente ostile.

Aspetto anzi che mi vengano segnalati e spediti tutti gli articoli intonati ad ostilità contro il nostro paese, come pure rimango in attesa dei giornali contenenti la rettifica della notizia ultimamente pubblicata, come Lei mi promette.

Il 19 maggio, il Console Generale scriveva al Ministro degli Affari Esteri (numero 1.187/133. - P.B./39)

...Ho anche raccomandato al Vice Console in Palma di tenermi al corrente dell'atteggiamento a nostro riguardo della stampa locale, e di segnalarmi tempestivamente quelle notizie che ritenga di speciale importanza.

Il 7 ottobre dello stesso anno, il Console Generale, scrivendo al Vice Console in Palma (N. 2.629 - P.A./1) per invitarlo ad informarlo dettagliatamente sull'incontro avvenuto colà tra Primo de Rivera e Chamberlain, gli diceva:

Gradirò, anche per l'avvenire, che la S.V. tenga prontamente informato questo Consolato di qualsiasi fatto che possa interessare la politica interna od estera della Spagna.

Il 9 novembre 1928 il Console Generale in Barcellona scriveva al Vice Console in Palma (N. 3.947 - P.A./73) la seguente riservata:

Prego la S. V. di volermi inviare con cortese sollecitudine una dettagliata relazione sulla visita fatta di recente da S. M. il re di Spagna a codesta Isola.

Anche per l'avvenire gradirò che la S. V. mi tenga minutamente informato di quei fatti, manifestazioni, visite, cerimonie, arrivo di navi da guerra, giudizi della stampa locale, ecc. che comunque possano avere una portata politica o interesse al nostro paese.

Il 12 novembre il Vice Console in Palma spediva al Console Generale in Barcellona un rapporto sulla visita del Re di Spagna, ma il Console Generale non ne fu soddisfatto, sicché il 19 scriveva al cattivo relatore (N. 4.157 - P.A./1):

Più che la cronaca, era mio desiderio che Lei mi facesse avere le sue impressioni personali sulla visita di S.M. il re di Spagna a codesta Isola. Le sue impressioni sull'accoglienza fatta al Sovrano dalla popolazione locale, sulle manifestazioni avvenute, incidenti, conseguenze, ecc.

La prego perciò di completare la sua relazione in questo senso.

L'atteggiamento della stampa locale delle Baleari è seguito con un interesse sproporzionato all'importanza di quei giornali provinciali nella vita politica spagnola.

Il 16-18-19 gennaio 1929 La Ultima Hora, giornale locale di Palma, pubblica una serie di articoli intitolati «Motivo para una expansión española en Oriente». Il 21 gennaio l'Agente Consolare di Palma invia questi articoli al Console Generale in Barcellona che li trasmette il 25 gennaio, al Ministro degli Affari Esteri e lo stesso giorno scrive all'Agente Consolare:

La ringrazio degli interessanti articoli sull'espansione spagnola in Oriente pubblicati dal giornale La Ultima Hora pregandola voglia continuare questo Suo apprezzato contributo d'informazioni.

L'11 febbraio l'Agente Consolare di Palma trasmette al Console Generale in Barcellona un articolo ritagliato da La Ultima Hora riguardante «L'Italia y el levante Mediterráneo». Il 15 febbraio nuovo invio di un articolo de La Ultima Hora. Il 28 e 30 maggio l'Agente Consolare di Palma manda al Console Generale in Barcellona articoli apparsi sui giornali locali El Día e La Ultima Hora. Il 18 giugno il Console Generale in Barcellona segnala al Ministero degli Affari Esteri degli articoli pubblicati da giornali di Palma. Così il 27 giugno, il 3 ottobre, il 9 ottobre. Il 2 maggio 1931 l'Agente Consolare di Palma trasmette al Console Generale in Barcellona un articolo ritagliato da La Ultima Hora, intitolato «Nuestro enemigo el Francés», e quel console si affretta il 6 maggio a trasmettere l'articolo al Ministero degli Affari Esteri. Quello stesso giorno scrive all'Agenzia Consolare in Palma:

Le sarei grato se volesse tenermi periodicamente informato, anche mediante poche righe, della situazione politica locale quale le risulti dalle Sue personali impressioni e dalla consultazione della stampa di diverso colore.

Il 22 luglio 1932, il Cancelliere del Consolato Generale in Barcellona scrive all'Agente Consolare in Palma che il Console Generale desidera i ritagli dei giornali locali relativi alla visita della la squadra navale italiana a quel porto e «soprattutto i commenti del Día».

Il 10 maggio 1933 l'Agente Consolare in Palma invia al Console Generale in Barcellona alcuni ritagli de La Ultima Hora riguardanti l'Italia.

Nel marzo 1935 il Console Generale in Barcellona spedisce raccomandato per via aerea un articolo, pubblicato da un quotidiano barcellonese, La Vanguardia, intitolato «La del arcipelago balear». Il 1° aprile egli trasmette all'Ambasciata in Madrid un ritaglio di un'illustrazione riguardante l'Italia pubblicata da un giornale di Palma.

Il primo giugno trasmette allo stesso indirizzo cinque articoli pubblicati dai giornali di Palma.

L'elenco è fastidioso, ma prova che l'interesse del governo italiano era costantemente rivolto all'atteggiamento della stampa delle Baleari. Si profila già nettamente l'opera di penetrazione che illustreremo nel seguente capitolo.

Chiunque non tenga conto del valore essenzialmente strategico che le Baleari avevano agli occhi dell'imperialismo italiano potrà cadere nell'errore di supporre che in quell'arcipelago gravitassero formidabili interessi economici da difendere e da potenziare.

Così non è. Nel febbraio 1929, l'Agente Consolare in Palma scriveva al Console Generale in Barcellona per giustificarsi del non aver venduto due biglietti di un ballo a beneficio di Scuole Italiane di Barcellona che questi gli aveva mandato:

Sono oltre modo spiacente che L. S. V. I. abbia potuto dubitare che l'aver io ritornati i due biglietti rispondesse a disinteressamento od a negligenza nell'adempiere l'incarico affidatomi.

La vera ragione consiste, al contrario, nel non esistere in questa Colonia elementi agiati od in qualche modo benestanti, tale da essergli facile sopportare tale spesa o donativo.

Come ritengo sarà a conoscenza della S. V. I. che componenti la Colonia italiana di Majorca sono operai, braccianti, piccoli commercianti, venditori ambulanti, insegnanti di musica, ecc. tutta gente che si guadagna la vita modestamente e per conseguenza non dispongono di mezzi per poter fare donativi o per poter prendere parte a feste di tale importanza (11 febbraio, N. 31, Pos. 18).

Il 12 febbraio 1931 il medesimo Agente Consolare scriveva al Console Generale in Barcellona (N. 19, Pos. B. 23):

Molto a malincuore mi vedo obbligato a ritornare i due biglietti per il ballo della Colonia, non avendo fra gli italiani qui residenti, trovato nessuno acquirente.

Nel 1929 vi erano nell'isola di Majorca 106 italiani. Nel dicembre 1935 ve n'erano 66. Il 22 agosto 1935, l'Agente Consolare di Mahón denunciava 11 italiani residenti stabilmente nell'isola di Menorca. Si può, quindi, affermare che la Colonia italiana delle Baleari era minuscola e povera.

Se gli interessi italiani nelle Baleari non erano considerevoli, la penetrazione di altre potenze nell'arcipelago spagnolo preoccupava enormemente le sfere ufficiali italiane.

Il 19 novembre 1928, il Console Generale in Barcellona mandava al Ministro degli Affari Esteri un rapporto (N. 4.151/430, Pos. AA./1), basato su informazioni pervenutegli da Palma di Majorca «in via confidenziale», sulle trattative d'acquisto delle centrali elettriche e delle tranvie dell'isola da parte della «Utilities Corporation» di Filadelfia, che si sarebbe proposta anche di elettrificare le ferrovie. La garanzia dell'operazione sarebbe stata avanzata da un certo Juan March arricchitosi favolosamente, prima col contrabbando di tabacco, poi, durante la guerra, facendo apertamente lo spionaggio per gli Inglesi ed aiutando clandestinamente i sottomarini tedeschi.

Siccome un investimento di capitali del genere di quello summenzionato non è suscettibile - a quanto dicono persone competenti dell'isola - di un interesse maggiore del 2%, l'iniziativa della società americana lascia adito a supporre che sotto vi nasconda un interesse d'altra natura che quello economico.

A situare esattamente le ragioni dell'interessamento che le sfere ufficiali italiane nutrivano per le Baleari è un dettagliato rapporto sulla propria visita alle Agenzie Consolari di Palma e di Mahón mandato dal Console Generale in Barcellona al Ministro degli Affari Esteri (10 aprile 1929, N. 1.120/139, Pos. Pers. 3).

In quel rapporto è confermata l'esiguità numerica e finanziaria della Colonia italiana dell'isola di Majorca.

Nell'isola si contavano prima della guerra oltre un centinaio di connazionali colà emigrati dalle nostre provincie meridionali dopo la caduta dei Borboni. Però l'Agenzia Consolare sotto la Reggenza del Cav. Cabrer ha perduto le tracce della maggiore parte di essi pel fatto che erano dispersi nei villaggi dell'isola ed avevano rare occasioni di rivolgersi al consolato, potendo finanche sottrarsi al servizio militare spagnolo senza bisogno di comprovare l'iscrizione nella lista di leva del Consolato.

D'italiani stabilitivisi di recente non vi sono che i pochi operai specializzati reclutati dall'officina metallurgica diretta dal Sig. Facchi.

Nell'industria alberghiera, che nell'isola di Majorca si presenta molto redditizia per il notevole afflusso di turisti da tutti i paesi d'Europa e d'America, avevamo qualche anno fa una posizione notevole, ma dopo il fallimento del Sig. Zerboni, che aveva edificato ed esercitato l'Hôtel Vitoria, il migliore di Palma, ed un cambio di direzione del Gran Hôtel, ne siamo oggi totalmente assenti.

Anche nel movimento marittimo la nostra bandiera è quasi assente dai porti di Majorca, i cui cambi si effettuano principalmente con la Francia, la Germania e l'Inghilterra, con esportazione di prodotti agricoli e di calzature (industria fiorente nell'isola) ed importazione di oggetti manufatti.

Per contro è venuto a mio orecchio che una quinta parte dell'esteso e ricco latifondo nell'ovest dell'isola dell'arciduca Salvatore d'Austria, sarebbe ora passato in proprietà di un connazionale residente a Trieste. La cosa potendo rivestire qualche interesse ho pregato il R. Agente Consolare di fare indagini e riferirmi.

Di recente, una linea di navigazione francese che fa servizio Marsiglia-Algeri, ha principiato a fare scalo a Palma durante i mesi invernali per avvantaggiarsi del trasporto di una parte di turisti ed attrarne un'aliquota verso le sue colonie d'Africa da un lato, e verso la Côte d'Azur nel viaggio di ritorno.

Tale iniziativa francese suggerisce di studiare la convenienza che qualcuno dei nostri vapori pel nord o sud America includesse saltuariamente, all'andata oppure al ritorno, l'approdo di Palma.

[...]

L'Ufficio [l'Agenzia Consolare di Mahón], situato a pianterreno di una palazzina dove dimora il R. Agente con la famiglia, non solo è molto decoroso, ma possiede di più il vantaggio d'essere facilmente visibile da qualunque parte del porto e della base navale.

Come è noto, il porto di Mahón è costituito da un braccio di mare, che s'interna nell'isola per sette od otto chilometri, facendone un ottimo e provvidenziale rifugio per le navi sorprese dalle terribili tempeste di questa zona del Mediterraneo.

Debbo anzi dire, a giusto titolo di merito del nostro Agente, che i suoi maggiori e migliori servizi ci sono stati appunto resi andando in soccorso di nostre navi ed equipaggi naufraghi o pericolanti.

Tra Mahón e Ciudadela che sono i principali centri dell'isola di Menorca, risiedono in tutto una decina di nostri connazionali che tempestivamente avvisati dal nostro Agente, sono venuti a Mahón per farmi festa.

Tutti hanno di che vivere se non agiatamente almeno dignitosamente.

Le risorse principali dell'isola sono i prodotti della pastorizia ed il bestiame, gli uni e gli altri assorbiti principalmente dal mercato francese.

A differenza della vicina Majorca, che possiede una flora esuberante ed abbonda in olivi e mandorli, Menorca, flagellata per tre quarti dell'anno dai venti del Nord, ha pochissima vegetazione arborea e gli olivi che vi crescono sono lasciati improduttivi.

La maggiore industria esistente nell'isola è quella della confezione delle calzature, ivi stabilitasi per avvantaggiarsi del basso costo della mano d'opera, in quanto che la materia prima (pelli conciate) proviene dagli Stati Uniti.

A dare un criterio della reputazione acquistata da talune di dette fabbriche di scarpe basti il dire che si contano a diverse centinaia i pacchi che giornalmente partono da

Mahón per i principali centri dell'America del Sud, mentre diverse altre centinaia sono vendute e molto ricercate finanche a Parigi.

Mi sono indugiato a farne esteso cenno perché ho sentito persona competente manifestare l'idea che converrebbe che qualcuna delle nostre migliori fabbriche di scarpe venisse ad impiantare nell'isola uno stabilimento, incorporando qualcuna delle esistenti meglio caratterizzate, così da associare poi la confezione a macchina - pressoché sconosciuta nell'isola - con quella a mano, nella quale la mano d'opera locale è maestra.

Sull'importanza militare delle due isole credo superfluo dovermi soffermare perché è ben conosciuta.

La flotta inglese non passa anno che non visiti i magnifici ancoraggi di Mallorca, Pollenza, Alcudia, Palma, capaci di ospitare squadre anche più numerose di quella che recentemente vi si è concentrata di 98 unità (V. telegramma N. 33/12 del 13 marzo u.s.).

Anche in Germania or non è molto fece sostare a Palma per diversi giorni la «Berlin» di che gli ufficiali approfittarono per girare l'isola di Maiorca in lungo e in largo.

A Mahón il Governo spagnolo, sfruttando la particolare configurazione di quel porto, ha creato una base navale all'organizzazione della quale sta tuttora lavorando.

Mi è stato riferito che l'anno venturo sarà proposto al comando della base un ammiraglio, ciò che lascia supporre che entro questo tempo i lavori saranno ultimati e forse vi stazionerà qualche unità di più delle tre siluranti che ho visto ancorate.

Il Console Generale non si faceva, come si vede, grandi illusioni sulla penetrazione economica italiana nelle Baleari. Il prestigio italiano e l'importanza militare dell'arcipelago sono le due preoccupazioni che predominano nel suo rapporto.

Dando uno sguardo al quadro della rappresentanze consolari italiane in Spagna, si può constatare la particolare importanza attribuita dal governo italiano alla colonia italiana delle Baleari, possedente ben tre agenzie consolari: in Palma di Majorca, in Ibiza e in Mahón. Si noti che il Vice Consolato in Palma di Majorca fu istituito durante la guerra europea e che il Vice Console di carriera titolare del posto fu sostituito da un reggente spagnolo, che in precedenza aveva diretto per molti anni quell'Agenzia consolare. Quel reggente sarebbe stato sostituito perché in contrasto con il segretario del Fascio di Palma il cui rapporto al Segretario dei Fasci all'Estero fu accolto dal Ministro degli Affari Esteri Grandi, che il 2 giugno 1928 (Telespresso N. 07.361) ordinava al Console Generale d'Italia in Barcellona di sostituire il reggente spagnolo con «qualche nazionale che abbia i requisiti richiesti». Se non fu sostituito lo dovette al fatto che morì, lasciando il posto a un italiano dimorante in Palma, direttore di uno stabilimento metallurgico, fascista e ex sergente dell'aviazione, garantito dalla Prefettura di Torino e raccomandato al Ministero degli Esteri dal Console Generale in Barcellona (lettera 6 ottobre 1928, N. 3.425/370, P. Pers. 3).

Spagnolo era anche l'Agente Consolare in Mahón e quando, nel luglio 1934, egli dette le proprie dimissioni non furono proposti che degli spagnoli.

Il Prof. Juan Hernández Mora, buon conoscitore della lingua e della letteratura italiana e persona distinta e considerata, fu scartato per l'opposizione di un Capitano di Vascello dell'Ispettorato dei sommergibili (Ministero della Marina) che dipingeva quel professore come «un acceso repubblicano, noto in paese per aver preso parte agli eccessi del cambio di regime e per aver pubblicamente distrutto e calpestato il ritratto dell'ex Re» (lettera da Siracusa - 16 agosto 1934 - al Console Generale in Barcellona) e che in base ad un rapporto fondato sulle informazioni di quel capitano di vascello, l'ammiraglio di divisione Novaro (lettera da Almería, 3 settembre 1934) mandò al Ministero della Marina.

Il 5 giugno 1934 l'addetto navale alla R. Ambasciata d'Italia, comandante Lombardi, scriveva ad un funzionario del consolato generale in Barcellona: «Dati i precedenti del Sig. Ponseti (il reggente spagnolo dell'Agenzia Consolare di Mahón) sarebbe indispensabile che egli fosse scomparso per quell'epoca» (quella dell'arrivo, in agosto, a Mahón della nave scuola «Taranto»). Nel luglio seguente, il Ponseti cadeva malato e dimissionava. Il problema della di lui successione dette luogo ad un fitto scambio di lettere ministeriali, ambasciatesche e consolari a favore di questo o di quel candidato e l'8 novembre il Ministero degli Affari Esteri consigliava di soprassedere alla nomina di un R. Agente Consolare in Mahón (Telespresso numero 08.640/19).

Ancora nel febbraio dell'anno seguente il problema non era risolto sicché quel Ministero invitava il Console Generale in Barcellona a tentare la definitiva sistemazione dell'Agenzia Consolare in Mahón (Telespresso N. 01.400/7).

Il problema della sistemazione dell'agenzia consolare in Ibiza, imposto dalla morte del reggente spagnolo fu anch'esso laborioso.

Il Console Generale in Barcellona scriveva in data 24 ottobre 1934 al Ministero degli Affari Esteri (N. 3. 367-687) «per prospettargli nuovamente la questione segnalatagli nel dicembre 1933» (rapporto N. 2.116/ 357):

Come dicevo in detto rapporto, nell'isola di Ibiza non risiedono connazionali e sono rarissimi gli approdi di navi italiane. Tuttavia la notevole importanza che per ovvie ragioni politico-militari è da ammettersi alla località, mi ha portato a concludere sulla opportunità di mantenere la R. Agenzia Consolare in questione, la quale mentre in circostanze speciali può costituire per noi una fonte preziosa d'informazione, non importa, d'altra parte, alcuna spesa né richiede particolari cure.

Il Console Generale concludeva proponendo il banchiere Juan Torres Tur, che il 20 settembre 1935 si poneva a disposizione della «Noble e Hidalga Nación italiana» facendo voti che «al frente del Exmo, e Ill.mo Jefe del Gobierno, señor Mussolini, pueda salir victoriosa de su cometido».

Le Agenzie Consolari italiane nelle Baleari si rivelano, nei documenti esaminati, oggetto di un interesse politico-militare che conduce al più attento esame del problema delle nomine, che vanno concesse a spagnoli sicuri: ossia a moderati filofascisti e disposti a servire il padrone straniero.

Il Console Generale in Barcellona nel marzo 1928 visitava lungamente le Agenzie Consolari in Palma e in Mahón riferendone al Ministero degli Affari Esteri e all'ambasciatore in Madrid. Il 12 marzo 1932 il Console Generale in Barcellona annunciava all'Agente Consolare in Palma il prossimo arrivo colà del Vice Console «che con la Signora compie un viaggio di breve durata e di carattere particolare».

Il 22 aprile seguente l'Agente Consolare in Palma poteva scrivere al Console Generale in Barcellona:

Con la recente trasformazione dell'Agenzia Consolare di Francia in Consolato di carriera, l'unica nazione rappresentata da una R. Agenzia Consolare è rimasta la nostra. In considerazione della speciale importanza turistica, politica e commerciale assunta dall'isola di Maiorca in questi ultimi anni, e tenendo presente che dei 17 paesi con rappresentanza Consolare, ben 12 sono Consolati e 5 Vice Consolati, mi sono permesso esporre alla S.V.I. la convenienza che anche l'Italia sostituisca l'attuale R. Agenzia Consolare con un Consolato o quanto meno un Vice Consolato.

Ritengo necessario illustrare i vantaggi morali ed anche materiali che detta trasformazione apporterebbe al nostro prestigio, sicuro che la S.V.I. meglio che ognuno saprà dettagliare.

Le Baleari, scacchiera di un giuoco di forze mediterranee, acquistavano sempre più importanza per Roma, alla quale interessava non il titolo bensì l'attività del suo avamposto imperiale.

E quest'attività merita un particolare esame.

Le Agenzie Consolari italiane nelle Baleari non erano che degli avamposti della penetrazione imperialista del governo di Mussolini.

Il 6 aprile 1929, il Console Generale Romanelli (1.083, Pers. 3), dando istruzioni all'Agente Consolare in Palma di Maiorca, gli scriveva:

Per quanto concerne l'assistenza spirituale e materiale di connazionali, Le rammento quanto Le ho già suggerito verbalmente, e cioè la convenienza di promuovere una scuola serale d'italiano che serva anche da circolo domenicale, sezione dopolavoro, sezione Fascio, ecc. L'iniziativa mi sembra realizzabile con poca spesa e molestia di tutti.

Una volta tradotta in atto non mancherò di venirLe in aiuto con libri, pubblicazioni e possibilmente anche con qualche fondo.

Il 30 luglio 1935 il Console Generale invitava (2.471, P. 3) l'Agente Consolare in Mahón a fornirgli notizie sul «senso di attaccamento alla Patria» dei connazionali residenti stabilmente nell'isola di Menorca.

La corrispondenza tra il Console Generale in Barcellona e gli Agenti Consolari nelle Baleari verte quasi interamente sopra la situazione politica locale, sopra il prestigio italiano, sopra le influenze straniere, nonché sui movimenti navali o aerei delle altre nazioni in quei paraggi e sull'influenza politica e sulle iniziative militari del governo spagnolo.

Il prestigio italiano nelle Baleari: questo è l'interesse predominante che da Roma si propaga a tutto il corpo diplomatico e a tutto il corpo consolare.

Un cittadino spagnolo di Palma si rivolgeva, il 30 luglio 1935, al Console Generale in Barcellona perché gli indicasse libri ed opuscoli sul prosciugamento delle Paludi Pontine. Il 1° agosto il Console Generale si affrettava a spedire a quel cittadino un opuscolo sulle Obras publicas en Italia, e richiedere al Ministero per la stampa e la propaganda le pubblicazioni interessanti un signore «il quale ha manifestato nei nostri riguardi sentimenti di viva simpatia» e a comunicare all'interessato la richiesta fatta al Ministero. L'8 agosto, il Ministero comunicava al Consolato Generale in Barcellona la spedizione delle seguenti pubblicazioni, da far pervenire all'ammiratore di Palma:

Littoria.

BARAVELLI - La «bonifica integral» en Italia. (Cop. 5)

La bonifica dell'Agro Pontino. (Cop. 5)

La conquista della terra. - Il Duce nell'Agro Pontino.

La conquista della terra. - Il Duce trebbia il grano di Littoria.

La conquista della terra. - Igiene e sanità del mondo rurale.

La conquista della terra. - Costituenti minerali meno noti degli organismi viventi.

La conquista della terra. - La seconda squadra navale a Sabaudia.

SERPIERI - Bonifica integrale. (Copie 2)

La bonifica integrale. (Copie 3.)

Il Fascismo e l'Agricoltura.

Il 19 agosto, il Console Generale comunicava a quell'ammiratore spagnolo di avergli spedito le pubblicazioni ricevute dal Ministero, ed assicurava il Ministero di aver fatto pervenire all'interessato quelle pubblicazioni.

Inutile dire che le Agenzie Consolari italiane nelle Baleari erano centri di diffusione delle pubblicazioni ufficiali in italiano e in castigliano e non meraviglia, dato il continuo interessamento mostrato dal governo italiano alla stampa locale delle Baleari, che si cercasse d'influenzarla direttamente.

Il 22 giugno 1927 (N. 1.536) il Console Generale in Barcellona richiedeva all'Agente Consolare in Palma informazioni dettagliate sui più importanti quotidiani che si pubblicavano in quel distretto consolare.

Dalle schede informative di quell'Agente (27 giugno, N. 39) risulta che non era facile influenzare molto, e tanto meno controllare, quei giornali.

El Día, «liberale a convenienza del proprietario», il banchiere miliardario Juan March, non possedeva azionisti, aveva una propria tipografia e non aveva bisogno di sovvenzioni. Patrocinando «esclusivamente» gli interessi del proprietario, uomo dalla «negativa moralità» (sic), e non avendo continuità di impronta politica, quel quotidiano, mancante di organizzazione tecnica, era in decadenza e non aveva credito che nel campo liberale (accreditato, secondo l'Agente Consolare, fra la gente di idee avanzate).

Il quotidiano dal credito «grandissimo, straordinario» era El Correo de Mallorca, ma «disposto a servire nessun interesse particolare» che non fosse quello del cattolicesimo.

Unico proprietario «da cui dipende esclusivamente», il Vescovo, nessun azionista è sovvenzionato da agiati cattolici.

Con un unico proprietario è in attivo il quotidiano conservatore Almudaina, e con un unico proprietario è in attivo il quotidiano monarchico La Ultima Hora.

Non vi era, come si vede, alcuna possibilità seria di controllare questo o quel quotidiano majorchino. Rimaneva la possibilità d'influire sulla stampa locale.

L'Ambasciata d'Italia in Madrid seguiva con interesse la stampa delle Baleari, tanto che una corrispondenza filofascista da Roma a firma Pilar Baquero de Ferretti e pubblicata da El Bien Público, provocava l'Ambasciatore a richiedere (25 gennaio 1933, Telespresso N. 227) al consolato generale in Barcellona informazione che quel consolato richiedeva (3 febbraio, 521, St./1) all'Agenzia Consolare in Palma, che le assumeva e comunicava (13 febbraio, N. 14, Pos. 10). Con non minore sollecitudine il Consolato le trasmetteva (17 febbraio, N. 767/45, Riservata, St./1) all'Ambasciata.

Pare ovvio il dire che l'Agenzia Consolare di Palma ebbe tra le proprie missioni particolari quella di influenzare in senso italofilo e fascista la stampa locale. Quell'Agente Consolare scriveva il 2 settembre 1935 (N. 82, Pos. 17) al Consolato Generale in Barcellona:

Il giorno 27 del mese sc. ho rimesso a codesto R. Consolato Generale sei copie del giornale locale El Día del giorno 25 agosto, dove veniva pubblicato l'articolo inviatomi.

Il direttore di detto periodico Signor Nicolas Brando si è subito prestato per tale pubblicazione dichiarandomi che vede con grande simpatia la nostra causa e che in tale concetto seguirà pubblicando notizie favorevoli al nostro paese.

Siccome i giornali locali si nutrono quasi esclusivamente di notizie lette dai giornali stranieri, ritengo sarebbe molto utile e conveniente venissero inviati, gratuitamente, al direttore del Día alcuni giornali italiani. Attualmente riceve gratuitamente da Parigi L'Italia nuova e qualche giornale francese.

Sarei oltremodo soddisfatto che codesto R. Consolato accogliesse la mia proposta.

Il Vice Console Generale Reggente Grillo così rispondeva (10 settembre, 2.994, Stampa):

Vedo con piacere come Lei si sia occupato subito della cosa per la quale la interessai, comprendendo così l'utilità di servirsi della stampa per controbattere certi attacchi stranieri e in ogni modo far conoscere quanto l'Italia fa nel campo della civilizzazione. La sua idea di far pervenire i giornali italiani a El Día è ottima e oggi stesso do disposizioni alla locale C.I.T., perché, in via di esperimento, per un periodo di tre mesi, mandi alla Redazione di quel Giornale la Stampa e il Corriere della Sera. Questo Consolato si assume l'onere relativo. La prego farmi avere, a suo tempo, notizie circa la recezione dei giornali.

Le mando un nuovo articolo: «Lo que Italia ha hecho en sus colonias de Africa Oriental» con preghiera di farlo egualmente pubblicare.

La penetrazione italiana nelle Baleari a mezzo affari accompagnava quella specificamente politica. Per non dilungarci, valga un tipico esempio. La pietra necessaria al restauro del Castelnuovo di Napoli fu, nel 1933, ordinata alle cave di Santin, nell'isola di Majorca.

Chi, nel novembre, telegrafava da Napoli per sollecitare la spedizione era come risulta da una lettera del Console Generale in Barcellona (9 novembre, 4140/ p. 8) l'Ambasciatore in Madrid, Raffaele Guariglia.

Roma, non contenta di controllare strettamente e di ispirare di continuo, le proprie agenzie consolari nelle Baleari, volle far assorbire dal Fascio di Barcellona quello di Palma.

Se nell'agosto 1928 la Segreteria Generale dei Fasci all'estero ordinava che il «Fascio italiano delle Isole Baleari» passasse a far parte della sezione barcellonese, era per sottoporre i fascisti di Palma al diretto controllo del Consolato Generale in Barcellona, che fu sempre il centro direttivo della penetrazione italiana nell'arcipelago guatato, golosamente, dallo sguardo di Roma, ossia di Mussolini.

Dell'importanza attribuita da quel Consolato Generale al Fascio delle Baleari sono prove le raccomandazioni rivolte dal Console all'Agente Consolare in Palma di «volere mantenere coi fascisti di costà i più cordiali rapporti, consigliarli ed aiutarli in quanto è possibile» (Ris. 4 gennaio 1927, N. 17, P.A./1) nonché il fatto che l'Agente Consolare, assistito dal Console Generale, fece pratiche per impedire che il Governatore punisse gli organizzatori di quel Fascio costituitosi «senza il prescritto permesso delle autorità spagnole» (Ris. del Console Generale al Ministro degli Affari Esteri, 12 gennaio 1927, N. 70-/10, P.A. /l).

Quando Mussolini, nel settembre 1923, si vide costretto dal veto britannico, ad abbandonare Corfù, Primo de Rivera riusciva nel suo colpo di stato. Nel novembre seguente, il Re di Spagna andò a Roma e negli ambienti fascisti corse voce di accordi segreti mediante i quali Mussolini si sarebbe assicurato, in caso di guerra, l'aiuto della marina spagnola nonché il diritto di utilizzare le basi navali della Spagna.

Ma nel dicembre dello stesso anno, l'accordo regolante l'amministrazione internazionale di Tangeri fu concluso tra i governi inglese, francese e spagnolo e a Mussolini non rimase che protestare contro l'esclusione dell'Italia.

Nella primavera del 1926, in occasione della Conferenza franco-spagnola per la riorganizzazione del Rif, la stampa italiana richiese la convocazione di una Conferenza internazionale alla quale l'Italia avrebbe avuto diritto di partecipare e di reclamare per sé una zona d'influenza. Ma Briand, Primo de Rivera, Chamberlain e Stresemann furono concordi nell'affermare che niente giustificava la convocazione di una Conferenza internazionale.

Mussolini continuò a fare l'amico della Spagna e Primo de Rivera continuò, pur non rompendo, con la politica d'intesa con la Francia e con l'Inghilterra, a fare l'amico dell'Italia, sicché il 7 agosto 1926 il Re d'Italia e quello di Spagna firmavano un trattato di amicizia, di conciliazione e di neutralità valevole per dieci anni. La stampa italiana salutò quel trattato come un gran trionfo nel campo della politica mediterranea e pose in primo piano il fatto che la linea tra le Baleari ed il porto militare della Maddalena (in Sardegna) avrebbe tagliata la linea francese Toulon-Bizerte.

Nell'ottobre 1927, tre navi da guerra italiane entravano nel porto di Tangeri e vi restarono tre giorni, non curandosi dell'Amministrazione internazionale di quella città e questa manifestazione di forza veniva a richiamare al governo di Madrid e a quello di Parigi che il governo di Roma non era disposto a rimanere ancora estraneo alle trattative franco-spagnole sulla questione marocchina. Briand rispose firmando un Trattato d'amicizia e di arbitraggio con la Jugoslavia, al quale Mussolini oppose un nuovo Trattato d'alleanza difensiva con l'Albania. Il 22 dicembre di quell'anno, la Tribuna pubblicava un articolo ufficioso nel quale si diceva che l'Italia avrebbe eventualmente consentito a dei sacrifici, anche dolorosi, nel Mediterraneo occidentale, per riconoscervi ed assicurarvi la predominanza della Francia a condizione che la Francia consentisse a dei sacrifici in favore dell'Italia nel Mediterraneo orientale.

Le Baleari ed il Marocco: ecco i due obiettivi spagnoli dell'imperialismo italiano. Dall'avvento della Repubblica (aprile 1931) in poi, la situazione, politica interna della Spagna fu oggetto di estesi e dettagliati rapporti consolari.

Le Agenzie Consolari d'Italia delle Baleari venivano sollecitate frequentemente ad informare sulla situazione politica locale il Console Generale in Barcellona. Il 20 maggio 1931 (N. 57, Pos. St./1) l'Agente Consolare di Palma scriveva a quel Console sulla trasformazione di Juan March Ordinas da monarchico liberale in repubblicano di centro, in concorrenza ed in lotta con i repubblicani socialisti. La nomina ad Ambasciatore a Roma di un repubblicano antifascista di Palma di Majorca, il signor Gabriel Alomar, informa l'Agente Consolare di quella città (3 giugno 1931), è interpretata dai «politici di Majorca» come «un gesto di politica finissima», poiché «confidenzialmente i conoscenti del nuovo Ambasciatore mi dicono che in questo modo si eviteranno articoli contro il fascismo, giacché si dice, abbia detto Signore un carattere sommamente pauroso».

Non troviamo, in quasi tutti i documenti diplomatici e consolari relativi alle Baleari, che tre motivi dominanti: l'importanza strategica di quei porti, il prestigio italiano su quelle popolazioni e la locale situazione politica.

Da parte spagnola, vi è poca preoccupazione nei riguardi dell'Italia. La Vanguardia, quotidiano conservatore di Barcellona, indicava, il 2 dicembre 1930, «Una nube sul Mediterraneo». Non era una nube italiana, bensì francese. E l'articolista, José M.a Salaverria, esaltava l'Italia fascista in questi termini:

Italia ha tenido la virtud de restituirle al Mediterranéo la importancia que había ido perdiendo. El mar que antes fuera el centro vital de la civilización concluyó por convertirse en un modesto lago bordeado de ilustres ruinas y venerables recuerdos. Pero Italia está ahí, en medio de ese mar cerrado y sin poder salir de él. Francia y España pueden mirar hacia otros lados, escoger otras salidas hacia el mundo; Italia se ve encerrada en su mar chiquito, y como no es capaz de resignarse a la pequeñez, procura agrandar su cárcel a fuerza de grandes complicaciones. Mientras Italia se sostenga en la actual tensión nacionalista, el mundo no podrá relegar al olvido el Mediteráneo. El Mediterráneo vuelve a recobrar categoría política gracias a Italia.

E l'articolista affermava che «la ambición imperialista y la codicia de nuevos territorios» sono dalla parte della Francia, che è la nazione «que mayor número de colonias posee» e che «tiene más colonias de las que su limitada industria y su no menos limitad natalidad necesitan». Ma anche l'Italia non è alleata sicura poiché «es la más fuerte competidora de nuestro aceite, nuestro vino, nuestras frutas y conservas» e poiché nell'America del Sud «el espíritu italiano es el mayor rival del nuestro; y las Baleares se ofrecen ya a la secreta mirada de los italianos como una posible conjetura para las incidencias del porvenir». Conclusione? «Sagrado egoísmo» e riarmamento della Spagna, che deve rinunciare a vivere in margine alla politica delle altre nazioni.

Il Console Generale in Barcellona si affrettò a comunicare al Ministero degli Affari Esteri (15 diciembre 1930, numero 4.571/467, P. St./1) l'articolo sopracitato. Che la Spagna potesse abbandonare la propria politica di isolamento per entrare in lizza come potenza mediterranea non poteva che preoccupare l'Italia fascista, che sperava sempre poter subentrare all'Inghilterra e alla Francia nel predominio del «Mare Nostrum». L'influenza inglese, quella francese e la tedesca erano temibili, ma potevano spingere la Spagna ad appoggiarsi anche all'Italia, per impedire che l'influenza di quelle prime potenze si trasformasse in esigente tutela specialmente nel Marocco.

Ciò che l'Italia fascista avrebbe temuto maggiormente sarebbe stato che la Spagna si appoggiasse a qualche potenza lontana dal Mediterraneo e quindi non determinante alcun gioco d'equilibrio. Tale preoccupazione appare evidente in un rapporto del Console Generale in Barcellona sulla visita di una divisione giapponese a Barcellona, rapporto datato 19 maggio 1934 (1.476/107, A./49) ed indirizzato all'Ambasciata in Madrid e al Ministero degli Affari Esteri. In quel rapporto è evidente la preoccupazione che la visita di due incrociatori giapponesi in viaggio d'istruzione nel Mediterraneo, avesse un significato politico.

È degna di menzione l'importanza che a questa visita diedero le autorità locali, importanza che non appare giustificata a nessuno, tanto non v'è chi non si meravigli dell'accoglienza ufficiale straordinariamente calorosa fatta ai marinai giapponesi.

A ricevere la divisione giapponese, il Governo spagnolo inviò la corazzata «Jaime I»; il Ministro del Giappone a Madrid ed il Ministro della Marina, signor Rocha, vennero a Barcellona trattenendovisi per tutta la durata della visita. Compiute le visite protocollari, lo Stato Maggiore delle navi giapponesi si recò alla tomba del Signor Macià, dove era atteso dal Presidente della Generalità in persona e depose una corona di fiori dai colori nipponici.

Il Ministro della Marina, nel restituire la visita fattagli a bordo del «Jaime I» decorò al «Merito naval español» alcuni ufficiali giapponesi.

Durante la permanenza della divisione numerosi furono i banchetti e le cerimonie ufficiali alle quali furono quasi sempre presenti contemporaneamente il Presidente della Generalità ed il Ministro della Marina. I banchetti sono stati offerti dal Ministro della Marina, della Generalità (nel ristorante di Montserrat), dall'ammiraglio giapponese, dal Ministro Plenipotenziario del Giappone, dall'Alcalde, ed un lunch fu offerto dal Comandante la divisione militare. Inoltre ebbe luogo una rappresentazione di gala nel Gran Teatro del Liceo ed una rivista militare delle compagnie di sbarco giapponesi si svolse nella Calle de Tokio, in segno di gratitudine all'Ayuntamiento di Barcellona per aver dato tal nome ad una via della città in questa occasione.

Alle ore 8 dell'8 corr. le navi salparono da Barcellona terminando così una visita che ha suscitato più meraviglia per gli episodi che la caratterizzarono che interesse nella popolazione, la quale notò che la visita della squadra non aveva recato un benchè minimo vantaggio economico alla città perché gli equipaggi avevano la proibizione di fare acquisti ed anche soltanto di sedersi in un caffè.

A bordo delle navi era poi stata impiantata una bottega di oggetti giapponesi che i visitatori e gli invitati si trovavano come moralmente costretti ad acquistare.

Altro dettaglio degno di nota, e che può forse spiegare il perché di una così calorosa accoglienza da parte delle autorità catalane «in questo sensibilissime», è che il Comando giapponese, nelle diverse comunicazioni inviate alle autorità locali, sia per annunciare l'arrivo, sia durante la permanenza delle navi in porto, ha sempre ed esclusivamente usato la lingua catalana.

I tedeschi con le loro belle divise, gli inglesi con le loro bande, i francesi con le loro moine bastavano a preoccupare gli osservatori di Roma. E si aggiungevano, nel maggio 1934, anche i Giapponesi con il loro diplomatico catalano. Mussolini dovette cominciare a pensare che ormai la corte alla Spagna era durata abbastanza. Visto che la scala di seta non calava dalla finestra di Verona, gettò da parte la mandola e si preparò ad agire da bravaccio. Franco avrebbe dovuto rapidamente vincere e sarebbe stato meno prudente amico dell'Italia fascista di Primo de Rivera. Respinto dalla Francia, si intese con Hitler preventivando la spartizione del bottino così: le Baleari all'Italia e il Marocco alla Germania.

Capitolo IX
L'OCCUPAZIONE ITALIANA

Come abbiamo visto nel capitolo precedente, nel 1935 il quotidiano di Juan March, El Día, era a disposizione dell'Italia, o meglio, del governo italiano. Molti maggiorenti di Palma di Majorca erano in ottimi rapporti con l'Agente Consolare d'Italia di quella città e fascista.

Il 9 maggio 1936, la sezione della «Renovación Española» di Palma incaricava l'Agente Consolare italiano di trasmettere le sue felicitazioni «al Duce y la Nación hermana», e il 13 dello stesso mese il «Circulo Tradicionalista» di Palma indirizzava a quell'Agente Consolare analoghe dichiarazioni.

Il 19 luglio Palma di Maiorca era in preda al putsch fascista. Il governatore non volle armare le organizzazioni operaie C.N.T. e U.G.T. e l'eroico sciopero generale, durato 22 giorni, non potè che aumentare la ferocia della repressione.

La «Falange Epañola» cominciò a distribuire olio di ricino e a procedere ad arresti in massa, ma fu con l'arrivo dei fascisti italiani che cominciarono le repressioni spietate, i bandi terrorizzanti e le taglie gravose.

L'occupazione italiana è stata, ed è, il fattore preponderante del trionfo fascista nelle Baleari. Dagli inizi del movimento fascista in Majorca apparve settimanalmente in quell'isola un idroplano italiano che faceva il servizio postale tra Palma e Genova e serviva ai viaggi frequenti del figlio di Juan March, che, con il marchese de Sayas, organizzò l'intervento italiano. Ben presto apparvero i trimotori da bombardamento e i caccia italiani. Il 17 marzo 1937 un corrispondente dell'«Agence Espagne», reduce dalle Baleari, dichiarava:

A Palma de Majorque se trouve une base d'aviation commandée par des officiers italiens. Cette base compte environ quinze hydravions, debarqués le 23 février dernier du bateau italien «Adriatico» jaugeant 5.500 tonnes et dont le port d'attache est Trieste.

Quant aux avions, il y en a 46 du type «Breda» de bombardement, trimoteurs 9 cylindres et étoile. Le moteur est de la marque «Alfa Romeo» (Pegasus) de 550 chevaux chacun, à refroidissement par air. Ces avions possèdent des mitrailleuses lourdes d'un calibre de 12,7 mm. Ils peuvent transporter 2.000 kilos de bombes dans deux compartiments verticaux a droite et a gauche. La longueur de l'appareil est de 15 m. 05. Avec un chargement de 2.000 kilos de bombes, le rayon d'action de ces avions est de 1.100 kilometres.

D'autre part, la base maritime de Palma compte neuf hydravions du type «Macchi» MC 77, d'une longueur de 9 m. 07, pouvant contenir 4 hommes d'equipage.

La baie de Pollenza possède une base d'hydravions où sont ancrés: 7 appareils du type «Piaggio» P. 16 - appareils lourds de bombardement en duralumin, 3 moteurs en étoile «Stella».

4 d'une puissance de 610 chevaux chacun et d'une longueur respective de 10 m. 03.

Le Journal de Barcelone (24/1/37) pubblicava le seguenti informazioni dovute ad un osservatore de visu:

Le matériel et les pilotes sont exclusivement italiens.

Sur 150 pilotes il y a seulement deux pilotes espagnols. Les aviateurs italiens ne dissimulent ni leur identité ni leur grade; ils sont vetus de monos sur les quels se distinguent ouvertement les insignes du fascisme Italien et portent un grand foulard aux couleurs italiennes.

Ils sont (sauf un) officiers reguliers de l'armée italienne, formés à Lonate Pozzuolo. Ils sont commandés par un colonel qui a sous ses ordres un major et cinq capitains. Tous les autres et sous-lieutenants, la quantité de sous-officiers étant minime. Ils sont tous logés au Grand Hôtel et à l'Hôtel Alhambra.

Le nombre des officiers proportionnelment beaucoup plus élevé que le nombre d'avions s'explique par le fait que beaucoup d'entre ces officiers sont là pour étudier les conditions et l'organisation d'un bombardement aérien de la côte espagnole.

Le champ d'aviation est situé au sud de Palma en direction du Molinar, il est parfaitement équipé de hangars et surtout de chantiers de réparation.

L'hydro-base est constituée par le port même de Palma qui se prête parfaitement à cet usage. Les hydravions sont remisés dans les hangars de marchandises du môle de la douane.

Deux hydravions sont toujours à l'eau prêts à prendre leur voi immédiatement. La vrai hydrobase de l'île se trouve à Pollenza. Elle a été construite sous le pretexte de servir à la ligne Romc-Cagliari-Pollenza, ligne hebdomadaire. Le vrai but de cette hydrobase est de permettre la concentration des hydravions que l'Italie tient prêts (déjà rnaquillés) en Sardaigne dans la prévision d'un bombardement aérien de Barcelone et de toute la côte de la Catalogne.

Bisogna aggiungere che un idroplano italiano compie tre volte la settimana il viaggio Roma-Palma e ritorno.

La marina italiana è anch'essa in primo piano. Nei primi giorni del putsch fascista, una nave mercantile italiana, scortata da un incrociatore leggero, sbarcava nel porto di Palma del materiale di guerra. In quel porto erano ancorati, fin dagli inizi del movimento, una corazzata e tre incrociatori leggeri italiani, che protessero il contrabbando di armi. Gli equipaggi di quelle unità navali passeggiavano per le strade di Majorca assieme alle «señoritas» della Falange e cantavano «Giovinezza». La rioccupazione dell'isola di Ibiza fu compiuta da tre navi mercantili della «Compagnia Transmediterranea» (la «Ciudad de Palma», la «Jaime I» e la «Mallorca») ridipinte in nero e battenti bandiera italiana. Le scortavano tre navi da guerra italiane e con i falangisti e i mercenari del Tercio sbarcarono i marinai italiani comandati dal «Conte Rossi».

Le navi da guerra faziose si riforniscono all'isola dell'Asinara (Sardegna) e tre petroliere italiane riforniscono i serbatoi di benzina costruiti a Pollenza e a Palma. Tutte le truppe e le milizie sono fornite del fucile italiano «modello 91», e in Majorca è stata organizzata, sotto la direzione di tecnici italiani, una fabbrica di armi. Quasi tutte le mitragliatrici sono della «Breda».

Il controllo dei passaporti è fatto da italiani, le lettere spedite da Majorca sono affrancate con francobolli italiani e sono sotto il controllo italiano le dogane di Majorca.

Il 14 marzo 1937 Valenza captava il seguente messaggio radiotelegrafico diretto da Palma al rappresentante diplomatico italiano presso il generale Franco:

L'ammiraglio Viacchini, della squadriglia italiana sta per partire in permesso. Prego Vostra Eccellenza di fare tutto il possibile perché questo ammiraglio continui il proprio servizio qui, dato che egli ha compiuto un lavoro interessante a Palma tenendo conto dell'importanza che questa isola ha come base aerea e navale. Dato che l'ammiraglio deve essere rilevato lunedì, la soluzione di questa questione è cosa urgente.

Le intenzioni, la volontà di conquista non potrebbero essere più evidenti.

Il misterioso «Conte Rossi», dittatore di Majorca, può, come ha fatto in un discorso pronunciato a Menacor, annunciare la conquista della Catalogna e l'instaurazione del regime fascista in tutta la Spagna.

CONCLUSIONE

Questa conclusione non può essere né un riepilogo né una sintesi. I fatti esposti, i documenti riprodotti sono abbastanza eloquenti perché il lettore sia, per proprio conto, giunto ad una conclusione.

La politica tendente a lasciare a Mussolini libertà d'azione in Spagna ha come effetto di pantografare la megalomania imperialista del dittatore. Il dominio fascista nel Mediterraneo sta diventando un fatto e Mussolini può sobillare l'Egitto contro l'Inghilterra e la Tunisia, l'Algeria ed il Marocco contro la Francia, mentre rafforza il dominio coloniale italiano in Tripolitania e in Etiopia.

Io ho raccolto dei documenti. Questo libro non è che un dossier che pongo a disposizione dell'opinione pubblica.

Non sono stato imparziale, perché sono un proscritto da ormai undici anni e sono nel folto della mischia. Ritengo che sia applicabile a questo libro l'aforisma del Prof. Gaetano Salvemini: «L'imparzialità è un sogno, l'onestà è un dovere».

Ho avuto nelle mani documenti che un poco di malizia giornalistica mi avrebbe permesso di fare di questo mio libro-dossier un pamphlet di grande successo

Ho preferito essere onesto fino allo scrupolo. Non ho la presunzione di aver fatto opera di storiografia, ma ho la certezza di aver utilizzato i documenti, raccolti in faticoso spoglio degli archivi del R. Consolato Generale d'Italia in Barcellona, con la scrupolosità di uno storico onesto.

FINE